Bożena Woźniakowska-Klich

Zeszłoroczny śnieg

NOVAE RES

REDAKCJA: Marzena Kwietniewska-Talarczyk
KOREKTA: Wioletta Cyrulik
OKŁADKA: Paulina Radomska-Skierkowska
SKŁAD: Katarzyna Dambiec
DRUK I OPRAWA: Elpil

Wydanie pierwsze
ISBN 978-83-7942-614-0

NOVAE RES — WYDAWNICTWO INNOWACYJNE
al. Zwycięstwa 96/98, 81-451 Gdynia
tel.: 58 698 21 61, e-mail: sekretariat@novaeres.pl,
http://novaeres.pl

Publikacja dostępna jest w księgarni internetowej zaczytani.pl.

Wydawnictwo Novae Res jest partnerem
Pomorskiego Parku Naukowo-Technologicznego w Gdyni.

Kocha się za nic,
bo na nienawiść to trzeba sobie zasłużyć.

Przyjacielowi S.

Alina

A jednak odchodził... Plecak ciążył mu bardzo, ale chyba nie tak, jak cała ta sytuacja sprzed chwili. Trzasnął drzwiami z takim impetem, że chyba wypadłyby z futryny, gdyby nie były z solidnego drewna. Jak to powiedziała na końcu? Że serce on ma jak orzeszek... Jak orzeszek! Cała ta awantura nie była ot tak sobie. Rosło, zbierało się długo. Za długo. I przeszkadzało coraz bardziej. Dosłownie we wszystkim. Ostatnie kilka miesięcy schodzili sobie z drogi. Proza dnia codziennego dokuczała chyba obojgu. Zakup mleka czy chleba urastał do rangi problemu. Włodek dusił się, tłamsił, wracał coraz później, wychodził coraz wcześniej do redakcji. Przyjmował każdą delegację, każdy wyjazd jako dar boży. Ona milczała jak zawsze, ale coraz dalsza i dalsza... nieistotna. Bez sensu.

– Czy to moja wina, do cholery, że drogi się rozeszły? – powiedział do siebie głośno, aż jakiś przechodzień popatrzył na niego zdziwiony. Przyspieszył kroku. Do redakcji miał już tylko parę metrów. „Dobrze, że mam tę starą kanapę w biurze" – myślał, idąc po schodkach. Dorobek ostatnich trzech lat miał w plecaku. Wyszedł z domu... „Jakiego domu, idioto!". Natychmiast włączyło się sumienie.

Leżał na przykrótkiej kanapie i palił papierosa. Chciał najpierw posortować jakoś myśli, chciał, ale nie był w stanie.

Jutro też jest dzień! Zgasił papierosa i światło. Ale sen nie nadchodził. Przypomniał sobie, że w szufladzie biurka stała butelka dyżurnego koniaku. Nie zapalając światła, sięgnął po butelkę i wypił z niej spory łyk. Stanął w oknie. Neon z przeciwka niebiańskim światłem rozjaśniał ulicę i jego redakcyjny pokój. Kosmicznie...

Koniak i przeżyte emocje zrobiły swoje. Poczuł się bardzo znużony. Obraz Aliny szarzał w kosmicznym niebieskim świetle...

KIEDY TRZY lata temu stanęła w drzwiach redakcji, on był tuż po rozwodzie. Natychmiast mu się spodobała. Nie zakochał się w niej nieprzytomnie, ale zaiskrzyło. Była sporo młodsza od niego. Przyszła do gazety tuż po dziennikarstwie, z głową pełną świeżych pomysłów i wiary w ludzkie dobro. On, stary wyga, został jej opiekunem merytorycznym, a niebawem i fizycznym. Chyba po dwóch miesiącach poszli do łóżka, na jakimś wyjeździe chyba. Po trzech zamieszkali razem. Zapowiadała się na dobrego dziennikarza. Pióro miała świetne, może tylko za dużo było w jej pisaniu emocji, mało dystansu do spraw, o których pisała. Aż coś pękło w tym idyllicznym duo. A może nie było takie idylliczne, a oni w reporterskim zabieganiu zaczęli tylko funkcjonować z sobą, a nie żyć? Po dwóch latach Alina przeszła do telewizji. Na pewno chciała czegoś nowego, chciała dalej, ale i dalej od niego. Przestali mówić tym samym językiem. Ona robiła reportaże, on je pisał. Do tego doszły różnice zdań na temat układów partnerskich, podziału ról w domu. Życie samo znalazło wyjście. Przez solidne drewniane drzwi. Wyjście...

Zasnął.

– Włodek Barski do naczelnego! – obudził go donośny głos sekretarki Gosi.

Opłukał twarz zimną wodą, spojrzał w lustro nad umywalką.

„Ach, szkoda gadać...!" – i już stał przed drzwiami szefa. Poprawiał właśnie ciągle niesforne włosy i okulary na nosie, gdy otworzyły się drzwi, w których stał w całej swej okazałości Wiktor. Znali się jak łyse konie. Były to lata pracy w gazetach. Nie zdziwiło go więc stwierdzenie Wiktora na wstępie:

– Wyglądasz jak wszystkie siedem grzechów głównych do kupy.

W stronę Gosi wrzasnął jeszcze: „dwie mocne, parzone", jakby ona, od lat sekretarka redakcji, tego nie wiedziała.

Wiktor był dziennikarzem z serca i intelektu. Postawny, około sześćdziesiątki. Spoglądał na Włodka surowo spod krzaczastych brwi.

– Jeśli masz kłopoty, a mogę ci pomóc, to mów. Jeśli zaś poradzisz sobie beze mnie, to szkoda czasu, bo mam dla ciebie nowy temat, i to daleko stąd.

Włodek aż podskoczył na fotelu, co nie uszło uwadze Wiktora. Weszła Gosia z kawą.

– A więc słuchaj, Romeo. – Wiktor uśmiechnął się ironicznie i ciągnął dalej: – Będziesz przez następne tygodnie zajęty poza redakcją. Kiedyś to się nazywało „w terenie".

Mogło się nazywać, jak chciało. Najważniejsze, że wyjeżdża. Nie, ucieka! Już nie słuchał, co mówił stary. Widział siebie daleko stąd. Najważniejsze, że daleko stąd.

Temat właściwie mu się podobał. Jeszcze nie wiedział, jak go ugryzie, ale postanowił, że da radę, a długoletni staż w branży i dziennikarski instynkt jak zawsze go nie zawiodą. Zmieni otoczenie, zajmie się pracą, reszta się jakoś ułoży. Wsiadał do pospiesznego już prawie w doskonałym humorze. Czas! Tak, czas będzie rozjemcą z Aliną. Będzie jego arbitrem. Uzbrojony w takie przekonanie zaczął rozkładać papiery na stoliku w przedziale. Redakcja dała mu wolny wybór, zezwalając na dłuższy pobyt w miejscowościach, w których będzie zbierał materiał. „Tolerancja a prowincjonalizm". Tytuł reportażu na razie nie zajmował go za bardzo. W toku swojej kariery dziennikarskiej pisał do różnych gazet o różnych opcjach politycznych i chyba, co najważniejsze, dalej mógł patrzeć na siebie w lustrze przy goleniu.

WŁODEK PRZEKROCZYŁ czterdziestkę, ale dawano mu zawsze dużo mniej lat. Zachował, albo miał już z natury, młodzieńczą sylwetkę i ruchy chłopca.

Niesforne ciemnoblond włosy poprawiał często, nieświadomie przeczesując je palcami, a wiecznie podniesiony kołnierz kurtki lub koszuli sprawiały, że przypominał raczej studenta idącego na wykłady niż dziennikarza poważnej gazety, którego nazwisko miało niemałe znaczenie w środowisku prasowym, nie tylko lokalnym.

Naraził się parokrotnie rządzącej opcji ciętym językiem, i płacił frycowe. Nawet kilka lat temu wyrzucono go na zbity pysk dosłownie, jak mówił, z dziennika wojewódzkiego, bo wykazał i opisał przekręty ówczesnego pana senatora. Zostałby wówczas na bruku, gdyby kolega ze studiów, z którym pili wódkę i chodzili lata całe na dziwki, nie przyjął go do swojej mniej renomowanej, ale niezłej tygodniówki. Ale tak naprawdę to go szlag trafiał na prasę bez cenzury na dzień dzisiejszy. Od trzech lat nie wychodził przed szereg, polityczny oczywiście. Był w miarę poprawny i dobry w swoim fachu. Wiedział o tym. A odkąd objął dział reportażu, wiodło mu się w redakcji prawie dobrze. Przystosował się i pasował do coraz bardziej drapieżnego świata, szukając w nim jeszcze ludzkiej twarzy. „Najpierw żarcie, potem etyka" – to stare motto Brechta pasowało chyba najlepiej do dzisiejszych mediów. „Im gorzej, tym lepiej" – mawiali koledzy dziennikarze przy wódce.

Najlepiej tragicznie, bez osłonki pławić się i babrać w ludzkim bagnie, bez żenady wyhodować bagno, jeśli ktoś go nie miał. Ale i realnego wszędzie starczało. Bronił się, jak mógł przed taką formą. Chciał być i był rzetelny, dlatego przegrał pierwszą rundę z senatorem i jego kolesiami. Ale nie zatracił motoru. Była nim niezmierna ciekawość świata: każdy dzień traktował jak nowe wyzwanie, jak podarunek. Chociaż zostawał często z pustymi rękoma, pchała go ta jego ciekawość ciągle do przodu, dawała sens jego życiu. Gonił gdzieś znowu jak ten pospieszny pociąg, zostawiając nie do końca załatwioną sprawę z Aliną.

A już zdawało mu się, że nie uwikła się więcej w taką sytuację. Jego studenckie małżeństwo funkcjonowało i tak długo. Formalnie. Rozwiódł się nie tak dawno, ale lata całe był już z Justyną w separacji. Dopóki córka jeszcze studiowała, żadne z nich nie mówiło o rozwodzie. Dopiero gdy Małgosia wyjechała na dalsze studia do Ameryki, Justyna wystąpiła o rozwód.

A on?

Był ulubieńcem kobiet. Koledzy mu zazdrościli i żartowali często, że jest w czepku urodzony. Może to i prawda, bo rzeczywiście nie miał żadnych problemów z wyrwaniem panienki. Lecz żeby wikłać się znowu w stały związek, to zdziwiło jego samego. Ale kto chce być sam.

I proszę! Mówił, że powinien wchodzić w drugą męską młodość, a on jeszcze z pierwszą się nie uporał.

Komórka!

Może Alina…

To BYŁ Grzegorz, kolega redakcyjny, chyba jedyny, z którym się przyjaźnił. Nie nazywał tego męską przyjaźnią.

Na tylu tak zwanych przyjaźniach się sparzył... Czy rzeczywiście jeszcze istnieje przyjaźń, miłość?

– Halo, Grzesiu. O co chodzi?

– Cześć stary. Jak śmiałeś się tak po angielsku ulotnić?

Włodek dał mu mówić. Po wyrzutach, że nie przyszedł od Aliny do niego, tylko nocował w redakcji, zorientował się, że wszyscy już wiedzą.

W trzyletnim związku z Aliną bywało różnie, ale zawsze nocował w domu. Taką miał zasadę, a gdy nie wróci po awanturze, to znaczy koniec!

I nagle pomyślał zupełnie ot tak, że każdy koniec jest nowym początkiem. „Jakoś to będzie" – uspokoił sam siebie. Jechał więc daleko od Wrocławia, ale wiedział, że trzeba będzie wrócić. Gdyby nie ten cholerny dylemat z Aliną, byłby prawie na wycieczce na Pomorze.

Nie był tu bardzo dawno. Dwadzieścia lat? Więcej? Zajęty sobą, dopiero teraz zauważał ten kawałek Polski z okna pociągu. W zachodzącym słońcu kąpały się lasy, a słońce w jeziorach, których było całe mnóstwo. Wyszedł z przedziału i chłonął powietrze nagrzane przez gorący dzień, pachnące wszystkimi zapachami późnego lata. Do celu zostało niewiele. Za jakieś pół godziny wysiądzie na nieznanej stacji.

Było już prawie ciemno, gdy zbliżał się do hotelu w rynku. Sekretarka Gosia stanęła na wysokości zadania. Pokój był zarezerwowany. W parę minut uporał się z formalnościami w recepcji. Dziewczyna, która podała mu klucz do pokoju, uśmiechnęła się profesjonalnie, mówiąc: „Życzę miłego pobytu".

Miała coś z Aliny...

Gdy przekroczył próg pokoju, neon z przeciwka rozjaśnił ciemność nocy niebieskim, kosmicznym światłem.

Obudziły go odgłosy z korytarza, znane mu z wszystkich hoteli na świecie. Skrzypienie wózków z pościelą, pokrzykiwania pokojówek, zamykanie i otwieranie drzwi, spieszne kroki, szum windy.

Poczuł się rześki i wypoczęty. Dopiero teraz rozejrzał się uważniej po pokoju. Był jasny, pastelowy, chyba świeżo po remoncie, wypełniony lekkimi, według najnowszej mody, meblami.

Przyglądał się promieniom słońca grającym na kolorowym dywanie, gdzie wczoraj wieczorem rozłożyło się kosmiczne światło. Szybko wziął prysznic i pół godziny później był w biało-niebieskiej sali. Z recepcji zabrał lokalną gazetę i już z przyzwyczajenia, z wieloletniej techniki szybkiego czytania, rozpoczął lekturę od ostatniej strony. Wreszcie znalazł to, czego szukał: krótka wzmianka o proteście mieszkańców miasteczka przeciwko wystawie, która ponoć obrażała wartości religijne jego mieszkańców. Po to właściwie tu przyjechał. Odłożył gazetę.

Restauracja pustoszała. Poprosił kelnerkę o jeszcze jedną kawę. Zamyślił się, patrzył w okno.

Tolerancja. Pisał tomy całe na ten temat. Czy znowu będzie udowadniał światu czym jest tolerancja...?

I zobaczył rękę, piękną, wypielęgnowaną, która stawiała przed nim filiżankę z kawą.

– Słyszałam, że będzie pan u nas gościł kilka dni. Chciałam pana osobiście serdecznie powitać. Marianna Moro. Miło mi.

Zerwał się z miejsca, ucałował rękę, choć rzadko to czynił. Czekał... Usiadła naprzeciw niego i uśmiechnęła się, widząc jego zmieszanie.

„A więc to jej hotel. Co jest, do cholery, zachowuję się jak sztubak!".

Poprawił nerwowo okulary, próbował znaleźć tę swoją nonszalancję, uśmiechał się, mówił jakieś banały.

I patrzył!

– Taka piorunująca mieszanka kobiecości powinna być zakazana. Urzędowo! Najlepiej przez konstytucję – wypalił nagle, nieoczekiwanie.

Roześmiała się głośno.

Siedział jak siedem grzechów głównych, mówiąc słowami szefa, na środku sali, i nie mógł od niej oderwać oczu. W zielonym kostiumie, z rudą czupryną, złocistymi piegami na zgrabnym nosie. I oczy. Wielkie, zielone, w jakieś tygrysie cętki. Włodek zapomniał o kawie. W ogóle o wszystkim. Po co tu jest, po co tu siedzi. Aż się przeraził, że nie słucha, co ona mówi, a przecież nigdy mu się to nie zdarzyło. Chociażby z przyzwyczajenia rejestrował szóstym zmysłem (jak mawiał – zawodowym) wypowiedzi ludzi, bo a nuż się przydadzą.

Zadała mu następne pytanie, jak długo chce zostać w miasteczku i co właściwie go tu sprowadza, bo wie już, że jest dziennikarzem. Skupił się wreszcie i w kilku słowach wyjaśnił pomysł oraz cel postawiony mu przez gazetę. Był znowu sobą, w swoim żywiole, ale ciągle czuł się jak chłopiec przyłapany na kłamstwie. Słuchała go uważnie, wsparła głowę na pięknej dłoni.

– No, no. Trzeba mieć wiele odwagi, żeby tam dzisiaj pójść. Będzie zapewne pół miasta, zresztą nie jesteśmy pierwsi w Polsce, którzy bojkotują wystawę...

– Ale chcę usłyszeć pani zdanie – wtrącił szybko Włodek.

Milczała chwilę, dobrą chwilę.

– Ja, cóż ja... To chyba bardziej złożone niż jasne „tak" albo „nie". Może inaczej. Pan obejrzy, weźmie udział w spotkaniu czarownic, a później porozmawiamy. Teraz muszę wracać do moich obowiązków.

Życzyła mu jeszcze miłego dnia i odeszła. Włodek wypił zimną kawę, ale nie ruszył się z miejsca. Chłonął jeszcze jej zapach, patrzył na obrus na stole, gdzie przed chwilą leżała jej ręka.

Powiedziała „spotkanie czarownic"? A więc nie obraziła jej ta wystawa wyklęta przez społeczeństwo. Spakował swoje szpargały i wyszedł z hotelu.

Stanął na środku rynku. Jak we wszystkich pomorskich miasteczkach, miał ten nieodparty urok starej poniemieckiej architektury, w którą – szczęśliwie lub nie – wtykano tak zwane nowe budownictwo. I tutaj tak było. Najokazalszy naturalnie był kościół, dalej rozlokowały się liczne punkty handlowo-usługowe. Po drugiej stronie rynku, w okazałym zameczku, znajdowało się muzeum miasta. Obok wznosił się ogromny gmach ze starej czerwonej cegły, upstrzony tablicami różnej maści, od urzędu miasta do poczty głównej. Znalazł również tablicę lokalnego dziennika i wszedł do budynku.

Jak wszędzie, w każdej redakcji, małej czy dużej, przywitał go znajomy gwar i zapach roboty na wczoraj. Pomieszczenie, nagrzane nie tylko słońcem późnego lata, ale i pracującymi bez przerwy komputerami, przywitało go prawie jak domownika. Zameldował sekretarce, że chciałby mówić z kimś z gazety, usiadł przy wolnym biurku i czekał. Za chwilę zza zamkniętych drzwi ukazała się krótko ostrzyżona głowa i poproszono go do pokoju dużo mniejszego niż poprzedni, ale równie pełnego sprzętu, książek, papierów i czegoś tam jeszcze. Krótko ostrzyżona głowa platynowego koloru miała imię i nazwisko: Marta Nowicka, i pełniła funkcję szefa lokalnej filii. Krótkie powitanie, forma „ty", rzecz zrozumiała. Ustalili, że spotkanie odbędzie się w muzeum o siedemnastej trzydzieści, bo do siedemnastej jeszcze tam pracują, a więc cześć, do zobaczenia, rozejrzyj się, stary... i już rozmawiała przez telefon, nie patrząc więcej w stronę Włodka.

Szedł korytarzami wiekowego ratusza, przez które przeszły generacje i alternatywy na życie. Te setki lat przeskoczył po dwa stopnie schodów i wyszedł na tętniący życiem rynek. I pomyślał, że przez wieki właściwie niewiele się zmieniło, mimo pędzących wielkich przemian systemów. Zobaczył mały rynek wypełniony ludźmi krzątającymi się wokół swoich małych spraw.

To historia sądzi później człowieka i jego błędy czy zasługi. A tak naprawdę od setek lat każdy, niezależnie od tego, kto i jak rządzi światem, walczy o siebie, o swój mikroświat, od wschodu do zachodu słońca, bo ma instynkt samozachowawczy, bo jest egoistą, bo został włączony w odwieczną machinę pod tytułem życie, i chyba jest kwestią przypadku, jak, kiedy i gdzie to życie przeżyje.

Kazali mu wierzyć w bogów – wierzył. W Boga jedynego – wierzył. Palono go na stosie, bo nie wierzył, ale też buntował się przeciw tym, co kazali, a więc walczył. Walczył instynktownie, bo było to wbrew naturze, wbrew niemu. Skupiał dobra, czynił dobrze lub źle, bo sam wymyślił prawo, według którego miał żyć. I urządzał się w świecie według jakichś norm i przykazań, a gdy ich nie dochował, wymyślał nowe, i nowego Boga. Zawsze na własny użytek. Bo jedynie człowiek ukradł naturze zdolność myślenia i manipulowania. A może ktoś mu podarował? Może ten Bóg właśnie? I koło się zamyka, odwieczne koło, które się toczy. Życie skądś, dokądś.

Włodek w swojej zadumie nie spostrzegł nawet, że odszedł z rynku w jakąś ulicę i zbliżał się nią do brzegu jeziora.

Dech mu zaparło z wrażenia. Jezioro migotało setkami świateł, żyło wszystkimi zmysłami na brzegu miasta. Stanął i słuchał, i patrzył w lustro wody, w którym przeglądał się dzień. Dawno nie zdarzyło mu się stać w takim zauroczeniu. I oczywiście komórka! Dzwonił Grzegorz, pytał, jak jest, opowiadał, co w redakcji. Rzeczywistość upomniała się o swoje, ale się nie dawał. Po lapidarnym sprawozdaniu szybko pożegnał się z Grzesiem. Przysiadł na ławce. Po drugiej stronie jeziora wyrastała baszta otoczona murami zamku. Włodek wiedział, że jest w mieście związanym z historią Krzyżaków. Dzisiaj w zamku znajdowało się małe muzeum i pensjonat. Czytał o tym. Jeśli starczy mu czasu, postanowił, zobaczy i zamek. W końcu pięć wieków temu temat, o którym chciał napisać, był równie aktualny. Znowu powrócił do rozmyślań...

Chyba urok tego miejsca i cisza, tak, cisza – inna niż wszędzie, bo odgrodzona od rzeczywistego świata taflą jeziora i otaczającymi je zaroślami – wygrywała. Ten świat tutaj i teraz był jakby niedotykalny i drwił swą urodą i wiekową mądrością z tego, co się działo kilka kroków dalej. Tak jak zamek po drugiej stronie przeglądał się w jego tafli, szczycąc się niezniszczalnym pięknem. A budowali go ludzie pomazani krwią i nienawiścią, bo nauczali nowego Boga mieczem. Zawsze wszystko w imię Boga. I nie zmieniło się właściwie nic. Zamiast miecza człowiek wymyślał coraz inteligentniejszą broń, na miarę własnej inteligencji. Już kilka razy niszczył świat i porządek, który najpierw sam zbudował. A czemu niszczył? Bo nie chciał się z nikim dzielić lub chciał zdobyć to, co posiadał drugi człowiek, więc mu siłą zabierał. Z zachłanności i nienawiści, zazdrości i chęci posiadania. I zawsze zasłaniał się jakimś Bogiem. Kramarzył wręcz tym Bogiem, bo ubzdurał sobie, że jego Bóg tego od niego żąda i wszystko mu wybacza, bo przecież człowiek czyni to dla niego, nie dla siebie. Jak i teraz. Dziwny ten świat rzeczywisty. Rozpędził się i już się nie da zatrzymać. Goni, nie przebiera w środkach. I zapomniał człowiek w tej gonitwie, dokąd zmierza, jaki jest w rzeczywistości mierny, malutki w porównaniu ze światem, którego nie przegoni. Więc musi mieć kogoś do pomocy. A więc Boga, kiedyś wielu bogów, całą plejadę bogów i ich kapłanów, którzy też są tylko ludźmi i zbudowali swoje imperium na własne potrzeby, wieszcząc wszem i wobec, że dla Boga i w jego imię. I chyba nigdy przedtem nie było to tak namacalne jak dzisiaj, że wiara i Kościół to nie jedno, że człowiek dawno Kościół opuścił, bo się zbyt wiele dowiedział, bo istnienie Boga też podważył poprzez odkrycia i zdobywaną wiedzę. To Einstein kiedyś stwierdził, że im więcej wie, tym bliżej jest Boga.

Dzisiaj jest o wiele trudniej w świecie, w którym wszystko jest prawie udowodnione i każde nowe odkrycie oddala od tego, co boskie. A więc znowu pośrednik tego, co boskie, walczy z człowiekiem i czyni wszystko, aby uatrakcyjnić swoją obecność, bo przestały funkcjonować stare dogmaty, strach potępionych, nagroda nieba i coś tam jeszcze. Uatrakcyjnić, jakby wiara miała się ubierać w odświętną szatę, w którą niedługo po śmierci Chrystusa wystroił się sam Kościół, idąc po trupach dwa tysiące lat z górą. Ale nie tylko chrześcijański Kościół przywdział tę szatę. Każdy inny też, budując bożki i świątynie właściwie dla siebie, bo przecież nie bogom. Ci, jeśli byli, chadzali boso, byli nadzy i biedni. I chyba znowu zamyka się koło, bo świat podzielił się jak zawsze na biednych i bogatych, a bogów na bogów dla bogatych i biednych. Bóg każe biednym zabijać bogatych i drwić z ich bogów, bo zostaną za to nagrodzeni po śmierci. A najbardziej zostaną nagrodzeni, gdy będą uśmiercać, sami przy tym ginąc. I świat oszalał w imię Boga. Zabija. Permanentnie i konsekwentnie. Bogatego Boga...

Włodek się ocknął. Był zły na siebie, że go gdzieś poniosło i zapomniał, że dopiero przed chwilą cieszył się urokiem tego miejsca i ciszą. Zirytował się sam na siebie, że nie umie choć na moment się uciszyć, prowadzi wieczne rozmowy, negocjacje, jakby miał wpływ na zmianę świata. Jak to już dawno temu napisał, że władza i religia mają własną ekonomię i poczucie wartości. A właśnie – wartości. Co jest wartością dzisiaj? Czy było tak zawsze? Naturalnie „mieć", a nie „być", jak głosimy kłamliwie od wieków. I już by się zastanawiał nad wartościami świata, gdyby nie przypomniał o sobie najzwyczajniej ludzki instynkt. Poczuł, że jest bardzo głodny. Ogarnął jeszcze spojrzeniem jezioro i jego okolice i pomyślał, że jeszcze tu wróci. Szybkim krokiem wszedł znowu na rynek miasta, w środek toczącego się życia.

Zrobiło się późno. Szybko przełknął obiad, zmienił koszulę, sprawdził sprzęt i znowu znalazł się na rynku pod galerią. Powitał kolegów z miejscowej prasy, dołączył do nich i wszedł do budynku. Było sporo ludzi. Gwar, podniesione głosy zapowiadały burzę. Przeszedł wzdłuż ścian pokrytych obrazami, plakatami, ale najbardziej zwróciła jego uwagę figurka Matki Boskiej stojąca na półeczce między obrazami. Figurka była niewielka, typowa, prosta, w błękitnym płaszczu, a po obu jej stronach większe od niej butelki coca-coli. Już zrozumiał. „Wszystko na sprzedaż" – błyskawicznie i niechcący nadał tytuł dziełu. Jego uwagę zwrócił też orzeł, godło Polski, w środku którego leżała z rozkrzyżowanymi ramionami naga dziewczyna. Godło! No i kilka innych tego typu…

Komisarz wystawy zabrał głos, powitał przybyłych i oddał mikrofon młodemu dziennikarzowi, który miał poprowadzić spotkanie. Włodek włączył mikrofon. Początkowo wypowiedzi były w miarę spokojne. Proszono komisarza, aby wyjaśnił cel tej wystawy-prowokacji, jak wyraził się jeden z uczestników spotkania. Otóż twórcami owych, jak to określił komisarz, niewątpliwych dzieł, są ludzie młodzi, którzy próbują wyrazić swój sprzeciw wobec komercjalizacji i globalizacji świata. To nie to, że nie mają szacunku do wiary i tradycji, ale chcą pokazać, przez przełamanie pewnych tematów tabu, kramarzenie tymi wartościami.

– I po co to! – krzyknęła pani w wieku dawno pobalzakowskim. – Sodoma i gomora, żeby obrażać ludzi i ich wiarę. Bez czci i sumienia!

No i zaczęło się... Krzyczeli wszyscy naraz, a prowadzący młody dziennikarz już nie panował nad sytuacją. Nagle umilkli. Wszyscy. Włodek zorientował się, że do sali wszedł ksiądz w towarzystwie dwóch mężczyzn, chyba związanych z parafią miejscowego sługi bożego. Przedłużającą się ciszę przerwało pytanie uratowanego w ostatniej chwili dziennikarza:

– Dlaczego, proszę państwa, twórczość, którą tu widzimy, jest dla was prowokacją?

Ksiądz przysiadł na brzegu krzesła i widać było, że czuje się niezbyt pewnie.

– No bo, proszę księdza – zwróciła się bezpośrednio do duchownego wiekowa dama. – Czy można przystać na coś takiego? Obraza boska!

– Skaranie boskie! – krzyczeli za nią inni. – To czysta herezja! Precz stąd!

Ksiądz wstał. Ucichło...

– Przekażcie sobie znak pokoju – powiedział... I wyszedł. I cisza. Jak makiem zasiał.

Włodek się roześmiał i wyszedł z sali. Śmiał się z sytuacji, ale najbardziej z siebie.

„Gdzie ty, idioto, szukasz materiału do tolerancji" – sztorcował sam siebie. Jakby na każdym kroku, obok, na co dzień, było za mało, żeby musiał się pchać w obskurną, wręcz wyimaginowaną scenerię, która od początku do końca nie niosła z sobą nic. Tylko zakończenie inscenizacji było fantastyczne. Z tym chyba nie liczył się nikt. Zupełnie nikt.

Automatycznie szedł w stronę hotelu. Od jeziora wiało tym jedynym zapachem kończącego się lata. Pachniało jeszcze zielono, ale zielenią już bardziej przejrzałą, złamaną jesienią. Było ciepło. Na tarasie przed hotelem siedzieli ludzie zajęci sobą, swoimi sprawami, a nie jakąś tam wystawą. I zobaczył ją.

Siedziała przy małym stoliku sama, z głową pochyloną nad rozłożonymi szpargałami. Nie zauważyła w ogóle, że stoi parę kroków od niej.

– BARDZO PANI zapracowana? Czy mogę trochę poprzeszkadzać? – zawołał wesoło i nie czekając na odpowiedź, już siedział naprzeciwko.

„Tylko nie być banalnym, trywialnym. Boże, pomóż" – modlił się Włodek w duchu. Zachodzące słońce bawiło się jej rudymi włosami, igrając raz miedzią, raz złotem. Dopiero teraz widział jej opaleniznę, gładkość ramion i te ręce! Odłożyła właśnie długopis, nakryła leżące przed nią papiery hotelowym prospektem. Patrzyła na niego z pytaniem w zielonych oczach.

Zanim zaczął opowiadać, co przeżył przed chwilą, poprosił o coś do zjedzenia i rozejrzał się wokół. Taras otoczony drewnianym płotkiem z wiszącymi na nim kwiatami, kilka zgrabnych stolików, na których paliły się kolorowe lampki, był oazą spokoju w środku miasta.

„I czego ja szukam po świecie, do cholery? – zdenerwował się nagle. – Przecież wszędzie jest tak samo. Czy trzeba jechać pół świata, żeby pisać o sprawach, które każdy człowiek nosi w sobie. Czy trzeba się uganiać za idiotyczną wystawą, którą wymyślił ktoś, kto chciał być ważny, żeby mieć jakieś pięć minut w życiu, nawet negatywne. Cała ta tu historia jest żenująca. Mierna. Bo przecież każdy myślący człowiek wie, co jest dobre i złe, bo ma prawo wyboru, jakieś tam zasady podyktowane przez życie. Nie trzeba do tego dziesięciu przykazań ani religijności w ogóle. Trzeba mieć jakieś poczucie wartości. Nie obrażać innych i...".

Znowu się zapędził, zirytował się sam na siebie.

Marianna wracała właśnie do stołu z jakąś tacą. Postawiła przed nim, życząc mu smacznego. Nie czuł głodu. Był zły. Po prostu zły. Został znowu sam, bo ktoś z personelu poprosił ją o rozmowę. Nie tknął jedzenia. Obok jego stolika sadowiła się właśnie grupa młodych ludzi, głośna, roześmiana. Usłyszał kpiny i dowcipy dotyczące wystawy. To ta generacja kształtowała opinie we współczesnym środowisku. To oni wiedzieli lepiej. Tu i teraz.

– Nie smakuje panu. A tak się starałam, żeby pochwalił pan moją kuchnię. – Uśmiechała się pytająco.

Wyłgał się brakiem apetytu i w kilku słowach opowiedział o spotkaniu.

– Mój Boże, jakie to ludzie mają zmartwienia – skwitowała z ironią. – Jakby nie było dość życia wokoło, ważniejszego życia, które układa ciągle, codziennie, chyba najlepszy scenariusz i serwuje z dnia na dzień najlepsze wystawy. Na całym świecie – ciągnęła dalej smutnym tonem. – I jeszcze coś panu powiem: przycupnęłam na tym płachetku ziemi i oglądam świat, który mnie otacza, z coraz większym zdumieniem. Tak, zdumieniem. Kończy się lato. Proszę spojrzeć, zatrzymać się na chwilę. W ogródku siedzą ludzie i... Może mówią o miłości, zdradzie, intrygach w pracy, plotkują o innych. A ja! Ja myślę, że będzie znowu jedenasty września... i boję się tego dnia. Już dzisiaj, bo mój mąż był wówczas w niewłaściwym czasie i miejscu w Nowym Jorku... A więc, panie Włodku, każda sprawa ma swój własny wymiar. W moim nie liczyłam śmierci trzech tysięcy ludzi. Tylko tę jedną: Marcela Moro. „Bo jedna śmierć to tragedia, miliony to statystyka", powiedział kiedyś nie kto inny jak Stalin, tyran i oprawca. Ale tu miał chyba rację. Wymiar tragedii mierzymy własną miarą. Miarą rozpaczy, bezradności... żałoby... Przecież pan to wszystko wie. Spakowałam walizki i przyjechałam tu, na środek pomorskiego rynku, żeby uciec. Nie! Żeby zacząć od początku nowy akapit, bez dźwigania przeszłości. Jeszcze mi się nie udaje. Jeszcze pożera, uwiera, boli. Wybaczy pan, nie chciałam powiedzieć aż tyle...

Włodek siedział jak skamieniały. Umknęła gdzieś erotyczna aura wokół tej pięknej kobiety, którą już parę razy w myślach miał w swoich ramionach. Milczał. Dogasała świeczka na stoliku, migotała błyskami na twarzy Marianny. Już nie była z nim, była bardzo daleko. Tam, pod gruzami. Widział to. Nie umiał zostać ani odejść. Czekał.

I komórka. Redakcja. Czekają na artykuł, bo w Niemczech ktoś się podpalił, ksiądz chyba, w imię braku tolerancji do innowierców, w rocznicę wystąpienia Lutra w Wittenberdze. Obiecał, że wyśle artykuł jeszcze dzisiaj.

Przeprosił Mariannę, ucałował jej rękę z pokorą nieznaną sobie samemu nawet i poszedł w stronę bezosobowego hotelowego pokoju, pisać zadanie domowe. Nie szło mu jakoś. Zabrakło pazura, zwykłej swady, ironii. Ale było mu wszystko jedno. Wysłał tę bazgraninę, niech się odczepią. Zgasił światło, położył się na łóżku, zapalił kolejnego papierosa.

Właściwie załatwił wszystko w tym mieście. Może jutro wyjechać. I dokąd? Jak ona, on też ucieka! Już prawie zapomniał, że spieprzył od Aliny, od jarzma, i, jak to ona powiedziała, dźwiganego bagażu w sercu jak orzeszek. Ale ten jego bagaż. Czy udźwignie?

A więc? Dokąd?

Wiele razy stał na rozdrożu i nie wiedział, w prawo czy w lewo, bo prosto jakoś mu nigdy nie było po drodze.

I znowu rozdroże... Alina. Jak to było? Mówiła (zarzucał jej nawet, że to trywialne), że rozsądek jest zimną siostrą namiętności. Rozsądek nakazywał wyjechać. Rozsądek! Bo po namiętności do Marianny na razie został popiół spod nowojorskich gruzów. Znowu! Tylko popiół...

Obudził go telefon. Dzwonił naczelny.

– Coś ty nawypisywał? – zaczął bez wstępów. – Pisałeś na bani, do cholery?! Przecież to poziom siódmej b! Wyłaź z pieleszy i siadaj do laptopa. Natychmiast! Czekam – warknął jeszcze.

Włodek, stojąc pod prysznicem, układał nowy tekst, a że był wściekły, to za godzinę był gotowy z artykułem. Wysłał.

Gdy siedział już w restauracji i przeglądał jak zwykle gazetę od tyłu, przeczytał krótką informację o wczorajszym spotkaniu, ostrożną, tendencyjną, bez komentarza piszącego redaktora.

Konformista!

Zadzwonił Grzegorz. Opowiedział najnowsze plotki z redakcji, a także, że widział Alinę.

– Wiesz, stary, ona chyba jeszcze wierzy, że wrócisz – powiedział na końcu.

Włodek nie podjął tematu. Skwitował, że nie wchodzi się dwa razy do tej samej rzeki.

– Trzymaj się! Do miłego!

Wrócił do lektury, chociaż kątem oka szukał Marianny. Nie pojawiła się…

Wyszedł z hotelu. Już wiedział, dokąd pójdzie.

Gdy zbliżał się nad brzeg jeziora, na „swojej" ławce zobaczył siedzącą Mariannę z książką.

– Witam, panie Włodku. Ja też mam niedzielę dla siebie. Zapraszam. Widzę, że też odkrył pan to miejsce. Często tu siadam. Czerpię siły, rozmawiam z chaszczami. Kocham to miejsce. W ogóle pochodzę z Pomorza. Marcel przyjechał do Polski na urlop. Poznaliśmy się, pokochaliśmy i wyszłam za niego. Mieszkał wówczas w Moguncji, więc wyjechałam z nim. Z pochodzenia był Włochem.

Zamilkła nagle, jakby zawstydzona… Włodek też milczał.

– No bo jak żyć, gdy żyć się dalej nie da? – spytała cicho. – Nigdy z nikim tak nie rozmawiałam. A może inaczej. Już bardzo dawno z nikim tak nie rozmawiałam. Mam bliską przyjaciółkę w Moguncji.

Jest Polką – mówiła dalej – z nią jedną mogłam tak mówić, albo milczeć... Z Weroniką. To ona pomagała mi w najtrudniejszych, tych pierwszych chwilach po śmierci Marcela. Pomogła mi również przeprowadzić się do Polski. Zresztą to był jej pomysł. I bardzo dobry. Jeździmy do siebie, kiedy tylko pozwala na to czas. Zostało mi w Moguncji małe mieszkanie. Kończy się sezon, więc będę mogła znowu pojechać.

Włodek słuchał w skupieniu i kołatało mu się w głowie jedno zdanie Marianny: „Jak żyć, gdy żyć dalej się nie da?"... Jakie to proste pytanie, ale bez odpowiedzi przecież. Nie wiedział, co powiedzieć. Nie chciał zburzyć tej nieoczekiwanej intymności. Dotknął ostrożnie jej dłoni. Nie zabrała jej, przeciwnie, drugą dłonią przykryła jego rękę. Milczeli oboje, patrząc na wodę i chyba oboje myśleli o tym samym.

Jak żyć dalej, gdy żyć się nie da...

I nagle Włodek doznał olśnienia. Przecież ma jeszcze trochę urlopu. Zatem będzie na urlopie. Niech się dzieje co chce!

Zaczął bardzo ostrożnie.

– Pani Marianno, a gdybym został tutaj kilka dni jako urlopowicz, czy mógłbym liczyć na pani towarzystwo chociaż od czasu do czasu? Proszę! Taki spóźniony urlopowicz to nawet romantyczny interes – pajacował znowu, ale umilkł przerażony, że popełnił nietakt. Marianna jednak uśmiechała się do niego, kiwając przyzwalająco głową pełną rudych loków.

Wiktor najpierw go zbeształ, że wymyślił sobie urlop, ale po chwili wyraził zgodę, bo i tak wiedział przecież, że nawet urlopowo Włodek będzie się rozglądał po świecie dziennikarskim okiem. Na koniec rzucił tylko niedbale:

– Pozdrów antidotum na Alinę.

Włodek roześmiał się serdecznie w słuchawkę.

W hotelu powoli pustoszało. Wprowadzili się nowi goście, pracownicy jakiejś firmy. Umykał klimat letniej urlopowej beztroski. Marianna spędzała z Włodkiem więcej czasu, chodzili nad jezioro, do krzyżackiego zamku, aby pomilczeć w pobożnej rycerskiej sali. Szukali w pobliskim lesie grzybów. Naznosili wrzosu. Stali się sobie bliscy. Włodek też mówił jej o sobie, ale właściwie wyliczył w punktach ważne, jak mu się zdawało, zdarzenia z jego życia. Wieczorami siadali na tarasie, pili wino, gadali o banałach, sprawach ważnych, ot – o życiu.

Marianna studiowała kulturoznawstwo. Studiów nie ukończyła, wyjechała za mężem do Niemiec. Była świetnym dyskutantem, bo przebywając poza granicami Polski, bardziej tę Polskę kochała, chłonęła każde wydarzenie, zmiany, nowości kulturalne.

– Wiesz, Włodku, świat podzielił mi się na dwie części: tam i tu. Tu i tam. I szczęśliwa jestem, że jestem wreszcie tu! Chociaż za straszną cenę. Ale zostało mi przynajmniej prawo wyboru. A przecież nie wszyscy ludzie mają taki luksus, skazani tylko na jedno wyjście w życiu.

Następnego dnia, kiedy Włodek jadł śniadanie z Marianną, poproszono ją do telefonu w recepcji. Wróciła za kilka minut bardzo podekscytowana.

– Wyjeżdżamy do Niemiec. Co ty na to?

Zaniemówił.

– O ile tylko chcesz, naturalnie – dodała szybko – i czas ci na to pozwoli. Dzwoniła Weronika, potrzebuje mnie. I co ty na to?

– Jadę, Marianno! Jadę!

– Pozbieraj się, ja wydam ostatnie dyspozycje i wyjeżdżamy. Masz kluczyki od auta, zatankuj do pełna, a ja muszę jeszcze podpisać ostatnie faktury. Dobrze, że w recepcji jest Asia. Podczas mojej nieobecności zawsze mnie zastępuje. Pa, pa... – I już jej nie było.

Wyjechali około południa. Droga do granicy wlokła się w nieskończoność. Szosy były zapchane tirami, jakby cała Europa była w podróży. Im bliżej granicy, tym gorzej.

Ale Marianny nic nie mogło wyprowadzić z równowagi.

Prowadziła auto pewnie, godziła się z każdym korkiem, czasami tylko urągała dobrotliwie jakiemuś piratowi drogowemu, który pędził na złamanie karku, nie patrząc na żadne normy ani przepisy. Włodek też komentował, ale już go poniósł reporterski bakcyl. Myślał o tym, że ostatnie lata zmieniły polskie drogi w najbardziej niebezpieczne na świecie, że to, co jeździ, winno jechać koleją, że przepieprzono pieniądze, że nie zrobiono nic... I znowu polityka! Dość.

Jechali więc, słuchając radia, a później muzyki z dysku. Jechali na zmianę. Dopiero po niemieckiej stronie zrobili pierwszą dłuższą przerwę. Włodek był kilkakrotnie w Niemczech. W Hamburgu, Hanowerze, w Erfurcie po tragedii w niemieckiej szkole, gdy jeden z uczniów urządził krwawą łaźnię, uśmiercając nauczycieli i kolegów. Pisał o tym: o przemocy w szkołach na całym świecie, o braku wzorców, wartości i tolerancji. Nie chciał wracać do tych wizyt i znowu babrać się w nieszczęściach. „Tu i teraz" – mówili młodzi ludzie na tarasie w hotelu. A on teraz i tutaj był w drodze na wycieczkę z piękną, mądrą kobietą. Chciał inaczej spojrzeć na Niemcy.

Właściwie nie lubił Niemiec. Obciążony historią, kształtowany polskim myśleniem, domem rodzinnym. Uczył się długo suwerenności i neutralnego dystansu do współczesnej sytuacji na mapie świata. Jako zawodowiec. Ale jako człowiek...

– O czym rozmyślasz tak głęboko?

– Zastanawiam się, w jaki sposób żyłaś w tym kraju tyle lat. Mówiłaś, że stworzyłaś swój mały kosmos u boku Marcela. On robił tu interesy, bo tak wyszło, ale ten świat, o którym mi mówiłaś, jaki był naprawdę?

– To trudna i długa historia, Włodku. Jeszcze nie teraz. Przecież mamy dużo czasu. A teraz dopij kawę i jedziemy. Jeszcze kawał drogi. Ty prowadzisz czy ja? – spytała, wstając od stolika.

Siadł za kierownicą. Marianna włączyła nową płytę. Było im dobrze obok siebie. Ona oparła głowę na małej poduszce, którą miała z sobą. Zamknęła oczy. Włodek jechał szybko, ale ostrożnie. Mijał tablice informacyjne: Braunschweig, ominął Hanower, kierunek Frankfurt nad Menem. Marianna chyba zasnęła. Czasami zerkał w jej stronę, podziwiając jej regularny profil, rozrzucone rude loki na małej zielonej poduszce. Nie włączył nowej muzyki.

Pierwszy raz w życiu, uświadomił to sobie teraz, był z kobietą, której nawet nie śmiał dotknąć. Był z kobietą, z którą wystarczyło tylko być, chłonąć jej obecność, patrzeć na nią, słuchać, co mówi. Wystarczyło...

„Hej, stary! Chyba nie do końca..." – przyznał się sam przed sobą. Z czułością popatrzył w jej stronę. Oddychała spokojnie, głowę przechyliła na bok, a on jechał i mógłby tak jechać na koniec świata, jeśli takowy był.

Ciemniało. Niebo żegnało zachodzące słońce wszystkimi kolorami dnia.

Jutro też będzie ładnie.

Zbliżał się do Frankfurtu.

Marianna otworzyła oczy, uśmiechnęła się do niego. Sięgnęła po butelkę wody mineralnej. Upiła spory łyk i podała Włodkowi. Spojrzała w lustro, poprawiła i tak niesforne włosy. Mijali Giessen.

Zjechał na pierwszy parking. Wysiedli z auta, stali przez chwilę. Włodek palił papierosa, ona wlała do dwóch kubków kawy z zapasowego termosu.

– Dobrze mi zrobił ten sen. Właściwie nigdy nie śpię w samochodzie. Widocznie przy tobie czułam się bardzo bezpieczna – powiedziała, popijając kawę.

Niby nic wielkiego, ale Włodkowi zrobiło się ciepło w okolicy serca. Nie czuł zmęczenia. Przez moment był szczęśliwy.

Ruszyli. Prowadziła skupiona. Było już ciemno, gdy zjechali na autostradę do Moguncji. Komórka umocowana w aucie przerwała dobrą ciszę.

– Witaj, kochanie, gdzie jesteś, o której planujesz dojechać? – odezwał się głęboki głos Weroniki. – Chyba dzisiaj będziesz odpoczywać, tylko daj znać już z domu, że wszystko jest OK.

Marianna obiecała, że zadzwoni z domu. O Włodku nie powiedziała ani słowa. Wjechali do miasta przez most, który łączył Hesję z Nadrenią. W dole płynął Ren, a w nim przeglądały się światła miejskich lamp. Włodek nie był nigdy w tej części Niemiec. Cieszył się na przygodę. Marianna podjechała pod dom. Późna secesja, jak ocenił szybko w myślach, prezentowała okazale swoją starannie utrzymaną fasadę. Mieli niewiele bagaży. Zanim weszli na klatkę schodową, Marianna opróżniła skrzynkę pocztową. Stanęli przed drzwiami na pierwszym piętrze z wizytówką „M. Moro".

Mieszkanie było przestronne, urządzone z elegancką prostotą. Jasne drewniane meble, sporo zieleni, kolorowe dywany sprawiały wrażenie przytulności i Włodek natychmiast poczuł się tu dobrze. Wiedział przecież, że miejsce to było jak Marianna, mieszanka elegancji i prostoty zarazem. Ona sama krzątała się już w kuchni, szykując herbatę. Zawołała, żeby pierwszy skorzystał z łazienki, ona będzie potrzebowała później więcej czasu.

– Czyste ręczniki znajdziesz w szafce! – krzyknęła za nim jeszcze. – Muszę zadzwonić do Weroniki!

Gdy wyszedł już jak nowy, w kuchni czekał nakryty stół, w saloniku miał przygotowane posłanie. Zasiedli do późnej kolacji, mówili o spędzonej wspólnie podróży, o Weronice, która jak zwykle zadbała, żeby lodówka była pełna, a dom wysprzątany.

– Na pewno się polubicie. Jutro zaprosiłam ją na kawę. A teraz spać!

Ale Włodek długo nie mógł zasnąć. Próbował poukładać te wszystkie dni i nie umiał. Zlewały się razem, jakby jechał ekspresem. Słyszał jeszcze, jak Marianna krząta się po domu. Dom...

Następny dzień przyniósł tyle wrażeń, że nie miał czasu na myślenie. Najpierw wyszli do miasta, które łączyło historię ze współczesnością tak dobrze, że Włodek oniemiał z zachwytu. Wiedział, że jest w mieście Gutenberga. Spod jego pomnika naprzeciw miejskiego teatru rozpoczął z Marianną spacer po starym mieście. Rynek przycupnął pod ogromną katedrą, która go przytłaczała, mimo że był okazały, ze swoimi kamieniczkami i kawiarniami wokół. Na środku rynku cokół. Nie zdążył nawet przystanąć i odczytać napisu, gdy Marianna poprowadziła go Augustyńską, jedną z głównych uliczek starego miasta, z tą starą niemiecką architekturą, mieszanką drewna i cegły. Było jeszcze na tyle ciepło, że wszędzie przed małymi lokalami siedzieli ludzie z różnych stron świata. Na każdym kroku galeria, włoska restauracja, piwiarnia, wykwintny butik czy kwiaciarnia wystrojona kolorami wszystkich możliwych kwiatów. Wśród tego barwnego tłumu były też grupy ludzi z przewodnikiem. Włodek zwrócił uwagę, że było wielu gości anglojęzycznych, chyba najwięcej Amerykanów, ale też Japończyków. Gdy weszli na taras przed ratuszem, który o dziwo nie stał w środku miasta, tylko nad brzegiem Renu, rozczarowała go brzydka betonowa bryła tej budowli. Jakby zupełnie przypadkiem się tu znalazła. Niechcący! Zeszli na promenadę nad Renem. Marianna zaproponowała małą przerwę na tarasie hotelu Hilton. Zamówiła kawę i ciasto. Patrzył jak urzeczony na płynące w oddali barki, statki spacerowe, jachty, łódki. Ren przecinały mosty, które z oddali wydawały się lekkie, wręcz koronkowe. Promenadą spacerowali ludzie, ktoś biegł, jechał rowerem, szli zakochani, całując się co krok. Prawie jak we Wrocławiu…

Niechętnie wstawał od stolika, gdy Marianna zaczęła się nagle spieszyć na umówione spotkanie z Weroniką. Zrobili jeszcze jakieś małe zakupy w pobliskim sklepie. Marianna już uwijała się w kuchni, włączyła ekspres do kawy, układała ciasta na tacy. Włodek otwierał butelkę wina, rozstawiał lampki na stole w saloniku, gdy rozległ się dzwonek. Słyszał z pokoju, jak bardzo serdecznie witały się obie.

– Poznajcie się. Weroniko, to Włodek Barski, dziennikarz z Polski. Włodku, pozwól, to jest właśnie ta moja Weronika.

Przywitali się, patrząc sobie w oczy. Weronika mocno uścisnęła rękę Włodka. Była wyższa od Marianny, smukła, w ciemnej, lekkiej sukni. Krótko obcięte włosy, ładne okulary i ciekawa przekora za nimi sprawiły, że wydała się Włodkowi sympatyczna. Zaproponował też natychmiast, że on się zajmie kawą i winem, bo wiedział, że obie przyjaciółki będę chciały po prostu pogadać. Krzątał się po kuchni, znalazł mleko do kawy i z tacą wszedł do pokoju. Gadały obie naraz, tak mu się przynajmniej zdawało. Zaprosiły go do stołu. Marianna kończyła właśnie opowiadać o ostatnich miesiącach spędzonych w Polsce. Weronika natomiast, co załatwiła w sprawach Marianny.

– Jeszcze jakiś szczegół z niemieckiej biurokracji i jesteśmy już dla pana – zwróciła się do Włodka.

Rozmowa potoczyła się gładko. Marianna opowiadała, jak to się stało, że on jest tutaj, później zaśmiewali się z anegdot Włodka za redakcyjnego życia. Mówili o polityce, narzekali na bezduszność świata, dokąd zmierzamy w pogoni z blichtrem, o Bogu i w ogóle o życiu. Marianna przyniosła przygotowaną wcześniej wędlinę, sery, owoce. Jedli kolację, pili wino, paliły się świece. Gdy Weronika ich pożegnała, Włodek powiedział, że ma wrażenie, jakby znał ją od zawsze.

– To dobry omen, Włodku. Ona też się zna na ludziach – powiedziała wesoło Marianna, sprzątając ze stołu. A on jej skwapliwie pomagał.

Już wcześniej planowali trzydniowy pobyt w Moguncji. Ponieważ Marianna miała następnego dnia kilka spraw do załatwienia, on postanowił pójść do muzeum Gutenberga.

– To jemu przecież zawdzięczam mój fach – żartował.

Muzeum położone w środku miasta spełniło wszystkie oczekiwania Włodka. Wręcz z nabożnością oglądał starodruki, Biblie, stał zachwycony przy prezentacji pierwszych maszyn drukarskich.

Oszołomiony i szczęśliwy wyszedł na rynek. Teraz, w słońcu, widział ogrom katedry. Wszedł do środka. Oglądał grobowce monarchów, architekturę wnętrza, obrazy. Wchodzili ludzie, palili świeczki. Też zapalił jedną z prośbą do swojego Boga, żeby nie... nie wiedział do końca, jak miał mu to wytłumaczyć. Usiadł na ławce. Obok przewodnik objaśniał po francusku grupie ludzi historię katedry, tak się domyślił, bo jego francuski gdzieś się zgubił po drodze. Wyszedł na rynek zalany słońcem. I pomyślał, że jeszcze niedawno przeżył przecież podobną sytuację na pomorskim rynku. „Wszędzie jest tak samo" – myślał, idąc w stronę teatru. Obejrzał repertuar, dowiedział się też, że oprócz tego dużego teatru miejskiego, miasto ma też małą scenę. Usiadł przy kawiarnianym stoliku, zamówił cappuccino. Rozglądał się wokół zadowolony, że tak się stało, że tu jest. SMS – to Marianna była wolna i pytała, gdzie ma go znaleźć. Odpisał. „Zaraz będę, pa!". I rzeczywiście, za niespełna kwadrans siedzieli już oboje. Opowiedział jej o tym, jak spędził przedpołudnie. Ona też miała swoje miejsca ulubione w tym mieście. Może pójdą do parku, ogrodu różanego, a potem do Włochów na kolację. Ona go zaprasza, bo jest jej gościem.

Pizzeria, typowa dla wszystkich włoskich lokali, przywitała ich tym jedynym w swoim rodzaju zapachem ziół, atmosferą wypełnioną włoską muzyką. Znano tu Mariannę. Witano się z nią serdecznie. Za chwilę siedzieli przy małym stoliku i pili lambrusco. Marianna opowiadała Włodkowi, że właściwie załatwiła już wszystkie swoje najważniejsze sprawy, a na jutro, i niech on jej nie ma za złe, umówiła się z Weroniką w mieście. Naturalnie, że nie miał. Będzie sam dalej oglądał miasto, na pewno nie będzie się nudzić. Wiedział i powiedział to głośno, że urlop i tak jutro się kończy. A zatem czas będzie wrócić. Milczeli. Nawet chyba byli wdzięczni, że podano zamówione jedzenie.

Marianna pierwsza przerwała tę ciszę:

– Wiesz, Włodku, chyba tym razem chętnie wróciłabym do Polski przez Wrocław. Co ty na to? Tyle słyszałam ostatnio o Wrocławiu, jaki stał się piękny, ile się tam zmieniło.

Włodek był zachwycony. Ale już za chwilę przeraził się, że nie ma jej gdzie przyjąć, że nie ma przecież domu. Ona jakby czytała w jego myślach, zaczęła szybko mówić, że zamówi z drogi hotel, a w ogóle to chce też spotkać się z kimś, kogo dawno straciła z oczu, i że w ogóle, ale to w ogóle nie musi się o nią martwić...

Położył rękę na jej dłoni.

– Będzie wszystko tak, jak zechcesz.

Siedzieli jeszcze długo we włoskiej knajpce, jak dwoje ludzi, którzy nigdzie nie byli u siebie. I to ich chyba najbardziej łączyło.

Włodek długo nie mógł zasnąć. Powtarzał sobie w kółko, że jakoś to będzie. Wróci do Wrocławia, do redakcji, na razie pomieszka u Grzesia. Znajdzie jakieś miejsce na nowe znowu życie.

Wstał cicho, najciszej jak tylko mógł. Wszedł do kuchni, zapalił papierosa, wlał do szklanki wody. Siedział i myślał. Jak bardzo chciałby móc przewidzieć, jakie będzie jutro.

„Gdybym miał trzydzieści lat, to rozumiem. Można zaczynać jeszcze raz od początku. Ale ja...".

Usłyszał, jak Marianna wyszła ze swojego pokoju. Stała chwilę w drzwiach kuchni. Bez słowa. Nalała do szklanki wody z butelki i usiadła naprzeciw Włodka. Milczeli oboje.

– Daj mi trochę czasu, Włodku, i przestań się martwić. Niezależnie od tego, jakie plany układałam w życiu, ktoś je burzył lub coś. Czasami życie samo znajdzie wyjście na właściwą drogę. Nauczyłam się tego w drodze między dwoma krajami. Pytałeś, jak mogłam żyć tyle lat w tym kraju. Otóż... kochałam męża, a dom nosiłam w sobie. Tak, w sobie. Bo dom to nie ściany i meble. To tradycja, zapach, tęsknota, miłość, gest ręki matki, ojcowskie rady. Sposób na życie, azyl. I tylko to dało mi siłę, żeby żyć daleko od tego domu, bo miałam go w sobie. Po śmierci Marcela runął najpierw świat. Długo nie wierzyłam, że on nie żyje. Czekałam na znak życia od niego, tym bardziej że wielu ludzi w gruzach WTC nie odnaleziono... A łapiesz się wówczas każdej, nawet najmniejszej iskierki nadziei, bodaj cienia. Ale minęło wiele miesięcy i zaczęło do mnie docierać, że zginął... Nie żyłam. Funkcjonowałam. Nie miałam pojęcia o firmie Marcela, ale chyba dobrze się stało, że musiałam się nią zająć. Bez pomocy Weroniki i jeszcze kilku ludzi nigdy nie dałabym sobie rady. Marcel sprowadzał z Włoch właściwie wszystko. Odbiorcą była sieć włoskich sklepów i lokali. Bardzo pomogła mi też sekretarka, czy – jak chcesz – asystentka Marcela, Dora. Miałam tyle do roboty, że rzeczywiście byłam jak robot. Gdy uporałam się wreszcie, a trwało to miesiące, ze sprzedażą firmy, przeraziłam się, że nie będę miała teraz nic do zrobienia i zwariuję. Wyjechałam na Pomorze, żeby jakoś jaśniej myśleć wśród ludzi, którzy mówią moim językiem. Szukałam pomysłu na życie, jakiegoś znaku z nieba lub z ziemi, i znalazłam. Hotel. Resztę znasz. Nowe, ale znane mi, bo wróciłam do domu.

Włodek patrzył na nią i słuchał z uwagą. Pomyślał, że miałby gotowy reportaż, gdyby... i natychmiast porzucił tę myśl. „Szują się robię" – zwymyślał się w duchu.

Marianna wstała, on też się podniósł. Świtało. Przytuliła się nagle do niego, położyła głowę na jego ramieniu.

– Zatem daj mi trochę czasu, Włodku. Każdy, nawet najtragiczniejszy koniec historii, jest też nowym początkiem...

Był sam w mieszkaniu. W kuchni obok śniadania znalazł kartkę od Marianny: „Pozdrawiam, spotkam się z Werą. Dam znać. M".

Nie chciało mu się wychodzić, czuł się tu dobrze. Zamyślił się nad wczorajszą rozmową, a właściwie monologiem Marianny. Nie oskarżała nikogo o śmierć męża, nie szukała winy w ludziach, którzy w imię Boga zabili jej Marcela. Jak to możliwe? Wielkoduszność, tolerancja, pokora czy bezsilność? A później był Londyn, Madryt. Irak codziennie podaje nową liczbę ofiar.

„A wszyscy, kurwa, o pokoju, tylko tych mebli do pokoju coraz więcej. I coraz straszniejszych w swojej doskonałości, liczących odległość, masę zniszczenia, obliczone co do sekundy i co do metra uderzenie...".

„Ktoś śpiewał, że dziękuje Bogu, że nie urodził się pod wulkanem – przypomniał sobie Włodek. – Ale dziś już nie ma takiego miejsca, i tolerancji też nie ma". Chociaż już raz rozmyślał o tym, idąc ulicami Moguncji. Tłum był wielonarodowy. Najwięcej ludzi z krajów arabskich, południowych. Spotykał zawoalowane kobiety ubrane w długie czarne suknie i mnóstwo kobiet w chustkach na głowach, jak nakazywała wiara muzułmańska. Wiedział też, że pojawiały się głosy, że muzułmanki żyjące w Europie powinny zdjąć chusty z głów. Nazywano to „integracją europejską".

„Idiotyzm – pomyślał wściekły. – To jakby chrześcijanin miał zdjąć z szyi krzyżyk, a żyd jarmułkę... No, no, nie zaczynaj znowu, stary" – upomniał sam siebie.

Podszedł do telefonu, wystukał numer redakcji. Zgłosiła się pani Gosia. Po krótkim powitaniu i plotkach poprosił o rozmowę z naczelnym. Wiktor wyraźnie się ucieszył, słysząc głos Włodka.

– Wracaj, stary, rubryka czeka. I nie mam się z kim kłócić przy wódce. I jeszcze coś: chyba mam dla ciebie dach nad głową. Pogadamy, kiedy wrócisz. Czołem.

„No i widzisz – uśmiechnął się do siebie. – Znowu życie samo znalazło wyjście".

Cieszył się, że wraca do Wrocławia. Tu było pięknie, ciekawie, inaczej, ale nie w domu. Wyszedł z mieszkania. Poszedł w stronę promenady nad Renem, wysadzonej pięknymi drzewami, których kora przypominała kolor mundurów wojskowych. Nie wiedział, jak się nazywają, ale to nie było ważne. Były piękne i dostojne, zielone jeszcze. Szedł aleją, wdychał zapach rzecznej wody. Mijał ludzi, którzy mówili różnymi językami, nie tylko po niemiecku. Usłyszał też polski, nie pierwszy już raz na ulicach Moguncji. Przecież z Polski wyjechało i ciągle wyjeżdża tylu ludzi. Tragiczne to, że młodych i wykształconych. Opuszczają kraj, bo... Powody są różne, ale najczęściej jadą za chlebem. Czy wiedzą, co robią, co tracą, a co zyskują? To też najnowsza historia, która zajmuje nie tylko media. Temat znalazł odzwierciedlenie także w sztuce. Znaczące teatry wystawiały spektakle oparte na losach emigrantów najnowszej generacji. Słyszał o nowej, dobrej scenie w Kołobrzegu. Musi się tam wybrać. Może z Marianną...

W tej samej chwili zadzwoniła komórka. Marianna była już w domu. Czekała na niego z obiadem. Podniósł kołnierz kurtki, jak miał w zwyczaju, i szybkim krokiem ruszył w stronę mieszkania Marianny.

Wyjeżdżali wcześnie rano. Do Wrocławia było znacznie bliżej niż na Pomorze. Włodek liczył, że siedem godzin jazdy. Marianna zatelefonowała najpierw do Weroniki, potem do Dory. Jeszcze z domu zarezerwowała dwa noclegi we wrocławskim Novotelu.

Było pogodnie, we wrześniowym słońcu przeglądały się wszystkie kolory żółknących, brązowiejących drzew po obu stronach autostrady. Włodek cieszył się, że wraca, że nie jest sam, że ma nadzieję na nowy start. Marianna oparła głowę na siedzeniu i patrzyła w okno. Był początek września. Zapewne myślała o tym, o czym bała się mówić. Czuł to, wiedział i nie przeszkadzał. Marianna przejrzała płyty, wybrała jedną. Auto wypełniła cichutka muzyka. Włodek znał bardzo dobrze ten fragment, choć nie umiał sobie przypomnieć tytułu.

„Mógłbym tak jechać na koniec świata" – myślał już po raz któryś w czasie tej podróży.

Niewiele mówili. Zrobili dłuższą przerwę na obiad. Granicę przekroczyli w Zgorzelcu. Włodek zauważył, że kiedy minęli niemiecką granicę i wjechali do Polski, Marianna odetchnęła głęboko, jakby zrzucała z siebie jakiś ciężar. Ożywiła się też i poprosiła, aby przystanęli gdzieś na kawę.

– Przez te wszystkie lata, kiedy przekraczam granicę Polski czuję to samo: powrót do domu – mówiła szybko w kawiarni. – Myślałam, że po tak długim czasie stanie się to rutyną. Ale nie! Do dziś każdy mój powrót jest dla mnie przeżyciem. Kiedy czytam na granicy „Polska", coś mnie ściska za gardło. Czasami nie wierzę, że wróciłam na stałe, i potrwa zapewne jeszcze trochę, zanim wyzbędę się poczucia tymczasowości, które towarzyszyło mi przez całe lata w Niemczech.

Wjeżdżali do Wrocławia. Włodek poprosił, żeby podwiozła go pod redakcję i pojechała do hotelu. Zdzowni się z nią później. Pocałowała go w policzek.

Przeskakiwał po dwa stopnie, jak miał w zwyczaju, otworzył drzwi redakcji i… stanął jak wryty. Przy jego biurku siedziała, a właściwie półleżała Alina, a na biurku siedział Grześ. Śmiali się właśnie serdecznie, gdy Włodek stanął w progu. Pierwsza zauważyła go Gosia i zaczęła się z nim głośno witać. Pozostali również.

– No stary, kwitniesz! Jak było?! Gdzie się szlajałeś?!

Otworzyły się drzwi gabinetu naczelnego. Wiktor podał Włodkowi rękę i poprosił go do siebie. Przechodząc koło Aliny, Włodek skinął głową. Odpowiedziała na ukłon bez słowa. Zauważył jeszcze kątem oka, że pod jego biurkiem stała butelka wódki. Grześ zrobił do niego oko. Pili z Aliną spod biurka. Coś świętowali...

Wiktor przywitał się z Włodkiem serdecznie i przyjrzał mu się badawczo spod krzaczastych brwi.

– No, wyleniuchowałeś się, czy rozglądałeś się po świecie? A może patrzyłeś tylko jakiejś pani w oczy – żartował jak zwykle z ironią. Wyjął z biurka koniak, krzyknął do Gosi o dwie kawy. Jak zawsze! Zaczął bez wstępu:

– Mam dla ciebie pokój z kuchnią na Krzykach. Ludzie wyjechali na rok do Ameryki. Możesz się urządzać, a potem się zobaczy. Mam klucze i zaraz cię tam zawiozę. To był przypadek, że zwrócono się do mnie z tą chałupą. Może ciasne, ale własne. Na razie przynajmniej. No gadaj! Jak było?

Włodek zauważył na twarzy szefa ten jedyny w swoim rodzaju uśmieszek, ni to pytającej ironii, ni to pobłażliwości. Nie kręcił więc... W kilku iście reporterskich zdaniach opowiedział Wiktorowi ostatnie dni. Tamten słuchał z uśmiechem i ku zdziwieniu Włodka zapytał go, czy zna najkrótszy dowcip o miłości. Włodek otworzył usta.

– W raju Ewa pyta Adama: „kochasz mnie, Adasiu?". „A kogo, kurwa, mam kochać?!". To były czasy, stary. Jedziemy. W poniedziałek zaczynasz robotę. Porozglądaj się po firmie. A może napiszesz coś z podróży, którą odbyłeś. – Twój ostatni reportaż z Pomorza, naturalnie ten poprawiony – Wiktor spojrzał z ukosa na Włodka, prowadząc auto – narobił trochę szumu. No, byłeś chyba na mnie wściekły i cała żółć wylała się z ciebie na papier. Efekt był wiadomy. Dzwoniła Liga Polskich Rodzin i Kościół. I ktoś tam jeszcze. Zapytałem księdza proboszcza, czy zamówi drewno z pobliskiego tartaku, żeby przygotować dla ciebie stos. Chyba nie będzie już grał ze mną w brydża – skończył swój wywód Wiktor.

Podjechali na Kruczą. Mieszkanie na drugim piętrze w bloku miało funkcjonalne rozwiązania, na jakie wpadną tylko młodzi ludzie. Podobało się Włodkowi, że niewielki pokój pełnił funkcję saloniku z kątem do pracy. Nawet komputer stał na biurku pod oknem. Lepiej być nie mogło. Sięgnął po telefon. Działał. Wiktor podał mu klucze. Na pożegnanie rzucił od niechcenia, że Alina pojawia się w wolnych chwilach w redakcji i najczęściej rozmawia z Grzesiem. Jeszcze krótkie: „Cześć, dzięki, stary! Opijemy to… Bywaj".

Włodek został sam. Usiadł na moment na małej sofie. Włączył radio. Czas było zacząć żyć.

Wysłuchał wiadomości i wyłączył z irytacją. Dalej bagno, które żyje własnym szczęściem.

Wszedł pod prysznic.

Kiedy poprosił numer pokoju Marianny, ona natychmiast się zgłosiła. Czekała. A więc czekała na niego. Ucieszył się. Umówili się, że ona zejdzie do hotelowego baru, a on tam dojedzie. W drodze odebrał telefon Grzesia z pretensjami, że się Włodek gdzieś zapodział, a wszyscy czekali, że się gdzieś umówią na wódkę. Włodek wywinął się nowym mieszkaniem i obiecał poprawę.

Gdy wchodził do baru hotelowego, nie zauważył Marianny. Usiadł niedaleko wejścia i czekał.

Nie wierzył, że w tak krótkim czasie wydarzyło się tak wiele. Ciągle miał kłopoty z policzeniem dni i wydarzeń ostatnich tygodni. Kalejdoskop...

W drzwiach baru stanęła Marianna. Wstał. Zapomniał oddychać. W małej czarnej, z narzuconym zielonym szalem, z burzą rudych loków zwracała powszechną uwagę. Tak. Była piękna.

– Wybacz, że czekałeś, ale musiałam załatwić kilka spraw związanych z hotelem. A gdy byłam już prawie gotowa, znowu zadzwonił telefon. – Uśmiechnęła się przepraszająco.

Nie bardzo słuchał, co mówiła. Najważniejsze, że była, że była z nim. Zamówili aperitif. Włodek opowiadał o redakcji, mieszkaniu jak szczęśliwym gromie z jasnego nieba, ona o problemach w hotelu.

Podano małą kolację: sałatę, rybę z grilla, białe wino, ser. Żadne z nich nie śmiało zadać pytania co dalej. Pytanie czaiło się pod skórą, w oczach, gestach, ale ani Marianna, ani Włodek nie wypowiedzieli go głośno.

Był wieczór, piątek.

„A więc jeszcze dwa dni – myślał Włodek szybko. – Nie burzyć! Nic nie burzyć...".

Ustalili przy kolacji, że wybiorą się na spacer po rynku. Pojechali taksówką. Oświetlony wrocławski rynek prezentował się wspaniale. Marianna oglądała z zachwytem każdą kamienicę, każdy kamień, jakby chciała zapamiętać najdrobniejsze szczegóły.

Szła przez stare uliczki, trzymając Włodka za rękę, on opowiadał co ciekawsze historie o starym mieście. Usiedli w jednym z otwartych barów. Patrzyli na oświetlony, wspaniały ratusz, ludzi mijających się na deptaku, na pulsującą życiem ulicę.

– Pięknie tutaj, prawie jak w Moguncji – powiedziała Marianna i nagle uzmysłowiła sobie, że popełniła nietakt. Tak jej się zdawało. Chciała jeszcze coś dodać, ale Włodek roześmiał się i powiedział, że wrocławski ratusz na pewno jest piękniejszy, chociaż też niemiecki. Śmiali się oboje, wolni nareszcie od ciężaru granic, demonów przeszłości. Włodek opowiedział Mariannie natychmiast dowcip usłyszany od Wiktora. Najkrótszy dowcip o miłości. Marianna przypomniała jakiś następny. Bawili się wreszcie, bezwiednie trzymając się za ręce, prześcigając się w opowiadaniu anegdot. Zrobiło się późno. Marianna mocniej otuliła się szalem. Szli powoli w stronę postoju taksówek. Włodek zażartował, że kiedyś zapraszał dziewczyny do akademika, żeby się pochwalić zbiorem płyt, a dzisiaj młodzież pyta po prostu: „Do mnie czy do ciebie?".

Marianna przystanęła na chwilę, przywarła całym ciałem do Włodka.

– Do mnie – powiedziała poważnie.

Pokój hotelowy zalewało kosmiczne światło. „Już kiedyś to było" – przebiegło Włodkowi przez myśl.

Leżał obok Marianny i myślał tymi samymi stereotypami. Alina, wyjazd, Marianna…

Gdy weszli do pokoju reszta potoczyła się tak naturalnie, jakby byli z sobą od zawsze. Całował ją, tulił, ona oddawała mu pocałunki, ściągając z niego ubranie. Czuł jej perfumy, dotykał ciała, gładził, smakował. Nie była od dawna z żadnym mężczyzną. Od śmierci męża. Wiedział o tym i czuł to, i nie mógł uwierzyć, że ma ją nareszcie w ramionach. Oczy miała zamknięte, a on patrzył na nią, aby nie uronić ani chwili z tego aktu miłości, rozpaczy, spełnienia. Długo jeszcze trzymał ją mocno w objęciach, pokrywał twarz, czoło, szyję drobnymi pocałunkami. Kołysał wręcz tę nagłą miłość. Scałowywał łzy, które płynęły jej po policzkach. Bez słów.

Zasnęła wtulona w niego. Wyzwolił się delikatnie z jej ramion. Miał ochotę na papierosa. Najciszej jak mógł, wstał z łóżka. Marianna westchnęła cicho i zmieniła pozycję, zwinęła się jak kot w kłębek. Przykrył ją jedwabną kołdrą. Wyszedł na balkon. Patrzył na nocne, uśpione miasto, światła w oknach. Słuchał odgłosów z ciemności: ktoś się kłócił po drugiej stronie ulicy, chłopak z dziewczyną, chyba oboje podpici, jakieś dźwięki muzyki z oddali, może wesele, przejeżdżające auta. Miał pustkę w głowie. Spojrzał na zegarek. Minęła druga. I jeszcze przemknęło mu przez myśl, że jest dziesiąty września. Wrócił do łóżka. Zasnął natychmiast. Śniła mu się Alina.

Śniadanie zamówili do pokoju. Pili kawę, jedli owoce, kochali się. Około południa Marianna była gotowa do wyjścia. Umówiła się z dawno nie widzianą koleżanką ze studiów jeszcze. Włodek siedział i patrzył na nią, jak robi makijaż. Zawsze fascynowało Włodka to misterium przemiany u kobiet. Z minuty na minutę. Chwilę potem był z zupełnie inną kobietą. Zawsze mówił, że zamalowują swoją intymność. Gdy wychodziła, musnęła go w czoło, rozwiała wokół siebie obłok perfum.

Włodek wskoczył pod prysznic i szybko się ubrał. Zadzwonił do Grześka.

– Wyłaź, śpiochu – zawołał wesoło w słuchawkę – jeśli chcesz pogadać! Za godzinę u nas...

U nas, to znaczy w Kalamburze, wrocławskim klubie, który się jeszcze nie zborsuczył nowym trendem, dalej miał klimat i atmosferę, urok knajpy wiernej sobie od lat. Spotykali się tam prawie wszyscy. Artyści, dziennikarze, życiowi zatraceńcy, studenci. Włodek mawiał, że tam jest prawie jak w domu przy kuchennym stole. Gdy zasiadł z „Wrocławską" w kącie, zaraz zjawił się także Grzegorz. Miał kaca giganta.

– Stary, wychlałem wczoraj wszystko oprócz wody kolońskiej. Twoją działkę chyba też. Głowa mi pęka.

Zamówił piwo. Gdy wreszcie przestał jęczeć i zamówił następne, mogli wrócić do w miarę normalnej rozmowy. Grzegorz opowiadał, że wczoraj prawie cała ich paczka i Alina świętowali jego powrót, bez Włodka.

– Nie opowiadaj mi, stary, że pojechałeś się przeprowadzać, bo Alina mówiła, że z domu wyszedłeś z plecakiem. Jak będziesz dalej tak się migać, umrzesz sam – skończył swój wywód.

– Pani Danusiu, jeszcze piwko proszę. Włodek płaci. No a teraz gadaj! Gdzieś ty był, coś robił, jak u księdza proboszcza na spowiedzi.

Włodek śmiał się serdecznie z nieszczęśliwego kolegi, gdy do knajpy weszła Alina z dwoma dziennikarzami z telewizji. Było jasne, że się dosiądą, jak zwykle. Włodek miał wreszcie okazję przyjrzeć się Alinie. „Zmizerniała, ale wyszło jej to tylko na dobre" – uśmiechnął się w duchu. Też miała za sobą ciężką noc. Małymi łyczkami piła piwo z sokiem. Gadali wszyscy naraz, bo nowy skandal polityczny, bo nowa opcja u władzy, bo ktoś komuś dołożył, ktoś kogoś opluł. Im gorzej, tym lepiej...

Alina patrzyła na niego z pytaniem w oczach.

– No i jak ci się udał urlop? Był owocny? Mówią, że nie tylko zawodowo biegałeś po świecie – dodała z ironią.

Włodek mógł udać, że nie słyszy w tym harmiderze, ale uważał, że lepiej będzie, jeśli już teraz spróbuje wyjaśnić sytuację.

– Posłuchaj, Alina, było, minęło. Odszedłem i sama wiesz dobrze jak i dlaczego. Bez sensu będzie, gdy się będziemy na siebie boczyć, gniewać czy analizować przeszłość. Nie sądzisz...?

Przy stole zrobiło się nagle cicho. Ostatnie zdanie Włodka usłyszeli wszyscy.

Alina milczała przez chwilę. I nagle zaczęła się bardzo spieszyć. Zbierała drobiazgi ze stołu. Wypiła piwo i wyszła. Bez słowa.

– Cholera! Grypa z komplikacjami – odezwał się Grzegorz. – Ale minie... minie.

Włodek wszedł do kwiaciarni. Zastanowił się. Nie robił tego od lat. Od dawna nie kupił kwiatów żadnej kobiecie. Może raz Alinie z jakiejś okazji. „Grypa z komplikacjami".

Wybrał róże. Herbaciane, bez żadnych ozdób, duperelek. Gdy przekraczał próg hotelu, recepcjonista uśmiechnął się tajemniczo, jak dobry wspólnik i wskazał bez słów drzwi baru.

Marianna siedziała przy tym samym stoliku, przy którym siedzieli oboje wczoraj. Stanął przed nią, zerwała się z miejsca i zarzuciła mu ręce na szyję. Chciał coś mówić, zamknęła mu usta pocałunkiem. Obsługa dyskretnie mrugała do siebie, kelner postawił wazon z wodą na kwiaty.

Siedzieli długo, zanim zdołali zamówić coś do jedzenia. Przy kawie Marianna zaczęła ostrożnie, że będzie musiała wyjechać na Pomorze. I to już jutro.

– Jutro – powtórzył Włodek. – Ale przecież... – I zamilkł.

Ona wiedziała dlaczego.

– Tak będzie najlepiej, Włodku. Chcę zobaczyć jeszcze twoje mieszkanie, żebym miała wyobrażenie, gdzie będziesz siedzieć, kiedy będziemy do siebie telefonować. W ten sposób będę bliżej ciebie. A jutro. Jutro, wybacz, chcę być sama. I może dobrze, że będę w drodze. A ty po tych ostatnich tygodniach też musisz się poukładać.

Trzymał jej dłoń i od czasu do czasu całował. Przecież miała rację.

Wchodził do redakcji, gdy Grzegorz wychodził.

– Mam materiał! Wrócę, to pogadamy, cześć!

Pani Gosia czekała z kawą.

– Naczelnego nie ma – powitała go i wróciła na swoje miejsce.

Włodek usiadł przy biurku, otwierał szuflady, szukał czegoś, sam nie wiedział czego, włączył komputer, spojrzał na pocztę, rozejrzał się wkoło, jakby był tu pierwszy raz. Znowu widział Mariannę wychodzącą z jego mieszkania. Wyjechała w niedzielę o świcie. Jedenasty września.

Próbował coś robić, oswoić się z tym dachem nad głową, ale nie mógł znaleźć sobie miejsca. Próbował coś czytać, włączył telewizor i zaraz wyłączył.

Niedziela była jeszcze gorsza. Zaczął padać deszcz. Od rana. Zadzwonił do Grześka i poszli na piwo. Z Marianną rozmawiał dwukrotnie. Dojechała, dużo pracy, brak mi ciebie...

On też tęsknił. I to bardzo.

Rosła w nim irytacja, gdziekolwiek spojrzał, cokolwiek włączył – jedenasty września...

– Trochę pokory, do kurwy nędzy! – darł się do Grześka w redakcji. – I ty dobrze wiesz, o czym mówię!

Grzegorz aż się zachłysnął:

– Już zapomniałeś, jak pisałeś wtedy? Zamknij się teraz, moralisto od siedmiu boleści! Wiesz dobrze, tak jak ja, że władza i pieniądze dyktują warunki. Pieniądze i władza! Ameryka dyktuje i pogódź się z tym, do cholery. Przecież to nie ty wysłałeś polskich żołnierzy...

– Dość, polej lepiej – warknął Wiktor.

Był wieczór, siedzieli w redakcji po złożeniu numeru i pili wódkę. I jak zwykle wzięli się za łby o politykę, racje, brak racji, rządy, bezrządy. Wiktor wypił kieliszek do dna. Podniósł się z fotela, poprawił na sobie garnitur.

– Idę spać. Wy jak chcecie. My już nie naprawimy tego świata, panowie, mimo że zdaje nam się, że jako pismaki mamy bliżej do człowieka. Cześć! – I wyszedł.

Grzegorz trzymał kieliszek niewypitej wódki i patrzył na Włodka.

– No i co, stary? Idziemy do nas. Nie chce mi się pić wódki na smutki.

Włodek natychmiast się zgodził.

Był tłok, jak zawsze w piątki. Zobaczyli Pawła z „Dolnośląskiej" i jeszcze kogoś z nim. Dało się upchać dwa stołki. I wówczas Włodek zobaczył Alinę przy barze. Była już mocno podpita. Siedziała bokiem do sali w towarzystwie dość przystojnego młodego człowieka. Włodek widział go tutaj pierwszy raz. Nagle wstali oboje i szli w stronę pianina, które stało obok Włodka. Chłopak niósł w jednej ręce lampkę, drugą gestykulował mocno, tłumacząc coś Alinie. Włodek zrozumiał, że chyba jest muzykiem i będzie grał. Alina stała tuż za nim i wtedy zobaczyła Włodka.

Od tamtego spotkania upłynęło ładnych parę dni i Włodek od tego czasu nie widział jej w ogóle. Nareszcie wrócił do codziennego kieratu i zaczął znowu funkcjonować, bo żył, jak mówił, czekając na telefony Marianny. Dzwonili do siebie dwa, trzy razy dziennie. Mieli się spotkać w nadchodzący weekend. Już się bardzo cieszył, już żył tym spotkaniem, układał plany, słowa powitania.

Ukłonił się Alinie i trącił Grześka w bok.

– Nie gniewaj się, stary, ale idę do chałupy. Alina jest tutaj. I to wstawiona.

Grzegorz nie bardzo rozumiał, wyrwany z jakiejś dzikiej dyskusji skinął głową i tyle było z niego pożytku. Chłopak zaczął grać, grał nieźle. Alina oparta o pianino patrzyła na Włodka wyzywająco. Gdy zaczął się zbierać do wyjścia, podeszła do niego, lekko się zachwiała, ale złapała równowagę.

– Nie musisz mi nic mówić, masz wypisaną nową miłość na pysku – rzuciła mu w twarz. – I jeśli ci się zdaje, że rozpaczam po tobie, to sam widzisz, że nie. Jest dużo młodszy i lepszy od ciebie. W łóżku też.

Patrzyła na niego z wściekłą satysfakcją, za którą źle ukryta była zraniona dziewczyna. Znał to.

– Życzę zatem szczęścia, Alina. Do miłego!

I wyszedł w chłodną noc do mieszkania na Kruczą, bo domu nie miał. Jak mówiła Marianna? „Dom nosi się w sobie". On nie. Był bezdomny. Wskoczył w ostatniej chwili do nocnego tramwaju. Gdy podchodził do drzwi, usłyszał telefon. Szybko uporał się z drzwiami, dopadł aparatu.

– Gdzie się włóczysz nocami beze mnie? – śmiała się w słuchawkę Marianna. – Zdradzasz mnie może za każdym rogiem. Wynajmę prywatnego detektywa i każę cię ukamienować za jakąś małolatę.

Uspokoił ją, że nie będzie jej zdradzał z małolatami, bo te wiedzą może, co to są akty, ale on nie wie, co będzie z nimi robić w antraktach, i że pije wódkę z tęsknoty za nią w męskim, mocno męskim gronie. Marianna potwierdziła jeszcze, że na pewno spotkają się niebawem, to go dokładnie przepyta.

Trzask słuchawki. Zdjął kurtkę, usiadł w fotelu. Nie zapalał światła.

„Jak żyć, gdy żyć się nie da?" – przypomniały mu się słowa z podróży z Marianną.

Obudził się zziębnięty i obolały. Komórka. Nic dobrego nie wróży. Sobota. Za oknem mrok. Spojrzał na ekran. Grzegorz.

– Nie możesz trafić do domu, pijaku? – rzucił wesoło w słuchawkę.

Grzegorz, przyzwoicie trzeźwy, nie odszczeknął mu się jak zwykle. Tylko zupełnie cicho, ale wyraźnie powiedział, żeby przyjechał do kliniki, bo Alina nie żyje.

To nie mógł być żart. Nie takiej rangi, bez serca. Za chwilę był na postoju taksówek.

Szedł korytarzem do izby przyjęć, przed którą stał Grzegorz z kimś jeszcze.

– Stary, dobrze, że jesteś. Trzeba zawiadomić rodzinę Aliny, a my jesteśmy bezradni. Mieli wypadek, ten muzyk dał Alinie prowadzić; sam ją widziałeś, była pijana. On przeżył, ale stan ciężki. Zawiadomili mnie kolesie z drogówki, bo może jakieś zdjęcia, ale...

Grzegorz mówił cały czas, a Włodek lepił z tego logiczną całość. Nie znał właściwie rodziców Aliny. Matka była u nich chyba ze dwa razy, ojciec nigdy, ale wiedział, że mieszkają w Legnicy, miał gdzieś nawet numer telefonu.

Był jasny dzień, gdy wyszyli z Grzesiem ze szpitala. Nie miał odwagi sam powiadomić rodziny, ale wszystko, co wiedział, przekazał lekarzowi dyżurnemu i policjantom. Automatycznie ruszyli w stronę dworca, bo tam były już na pewno pootwierane knajpy. „I jak żyć, gdy żyć się nie da" – kotłowało mu się w głowie.

NIE BARDZO wiedział, jak dotarł do domu. Spał w ubraniu na sofie, obok, w fotelu – Grzegorz. „Idiota! Nie wyłączył telewizora" – wściekał się półprzytomny. Dopiero po dłuższej chwili zorientował się, że ten hałas to natarczywy dzwonek do drzwi.

Jaki dziś dzień, co było wczoraj? I kto dzwoni do drzwi i nie przestaje...? Wstał, prawie na czworakach, i otworzył drzwi...

Marianna!

Weszła bez słowa, zajrzała do pokoju, przeszła do kuchni, szukała czegoś w szafkach, bez rezultatu. Wyjęła z torebki dwie aspiryny. Wstawiła wodę na gaz, do szklanki nalała wody mineralnej i wrzuciła tabletki. Podała szklankę Włodkowi. Zebrała do zlewu brudne naczynia, przewiązała ściereczkę przez biodra, już zalewała trzy szklanki ekspresową herbatą. Gdy wytarła do czysta stół w kuchni i ustawiła na nim szklanki z herbatą, podeszła do Włodka, pocałowała go w policzek i popchnęła delikatnie w stronę łazienki.

Krzątała się po kuchni, myła naczynia, rozkładała na stole kupione bułki, masło i wędlinę, gdy w drzwiach kuchni stanął trzymający się za głowę Grzegorz.

I zgłupiał!

Uśmiechnęła się do niego, wyciągnęła rękę.

– Wiem, kim pan jest, panie Grzegorzu. Sądzę, że zna mnie pan ze słyszenia. Marianna. Proszę siadać. Zaraz będzie śniadanie. Włodek jest w łazience.

Grzegorz dreptał w miejscu, koszula wylazła mu ze spodni. Czuł się podle i było mu wstyd. Dobrze, że Włodek wyszedł z łazienki, do której Grzegorz natychmiast się schował, szczęśliwy, że w ogóle mógł się gdziekolwiek schować. Najlepiej pod ziemię.

Włodek powoli, ale dochodził do siebie. Gdy wszedł do kuchni, Marianna smażyła jajecznicę. Podszedł, przytulił się do niej i wyszeptał tylko:

– Jesteś!

Gdy Marianna kończyła szykować śniadanie, on próbował ogarnąć pokój. Bogu dzięki, że nie mieli siły z Grzegorzem już nic pić, bo butelka, co prawda otwarta, stała jeszcze na stoliku, obok dwóch kieliszków. Schował wszystko do barku. Poprawił poduszki na sofie, pozbierał manatki po Grzesiu. Usłyszał, że drzwi od łazienki wreszcie się otwierają, więc szybko wrócił do kuchni.

– Na pewno już się poznaliście...

Marianna pokiwała głową i wskazała dwa taborety. Posłusznie zajęli miejsca. Marianna ze szklanką mocnej parzonej kawy usiadła między nimi przy małym stoliku. Grzegorz z mokrą ciemną głową, z dwudniowym zarostem stracił styl wiecznego macho. Pił małymi łyczkami herbatę z cytryną i patrzył żałośnie na Włodka.

– PO TWOIM trzecim telefonie, Włodku, wsiadłam w auto i właściwie... spodziewałam się gorszego widoku niż dwóch zalanych facetów. Zatem chcę wiedzieć wszystko, i to po kolei.

I już zwróciła się do Grzesia:

– Zostawmy tę idiotyczną formę „pan, pani", Grzesiu.

Musieli wrócić do tragedii, do wczorajszego pijaństwa, i Włodek pomyślał, że może to i dobrze, że zgubił ten dzień po szokującej wiadomości.

Marianna otworzyła musujące wino. Grzegorz prawie się do niej modlił.

Włodek bał się właściwie momentu, kiedy Grzegorz wyjdzie i on zostanie sam z Marianną. Bał się wyrzutów, a najbardziej tego, że Marianna będzie się starała go chronić przed tą straszną rzeczywistością, z którą i tak nie uniknie konfrontacji. Cały wrocławski świat mediów wiedział o jego związku z Aliną. Nieliczni wiedzieli, że się rozstali, a jak się rozstali, nie wiedział prawie nikt. Nie ucieknie przecież od plotek, pomówień, fałszywych kondolencji... A Marianna. Grzegorz żegnał się z nią w przedpokoju. Włodek nawet nie wstał, tylko machnął ręką.

Siedzieli oboje w kuchni. Marianna wzięła jego rękę w swoją i oparła głowę na splecionych dłoniach.

– Jestem tutaj, bo mnie potrzebujesz – mówiła, nie patrząc na niego. – Ale chcę ci powiedzieć, że tę drogę, na którą teraz wchodzisz, musisz przejść sam. Zupełnie sam. I jeszcze coś. To nie jest twoja wina! Słyszysz!? To nie jest twoja wina...

Zadzwonił telefon domowy. Niewielu ludzi znało ten numer. Włodek odebrał.

– Jak się czujesz? Wytrzeźwiałeś? – zapytał jak zwykle bez wstępów Wiktor. Jestem w redakcji. Przyjedź zaraz.

Marianna czekała, aż skończy rozmowę. Wzięła torbę i kluczyki od auta.

– Zaczekam na ciebie w jakimś barze.

Przytulił ją mocno do siebie.

– Tak dobrze, że jesteś.

Cała redakcja była na nogach w niedzielne popołudnie. Nawet pani Gosia siedziała za swoim biurkiem. Włodek rozejrzał się po twarzach kolegów. Naczelny przerwał ciszę po wejściu Włodka.

– Jak wiecie, w takich sytuacjach stawiam na profesjonalizm. Alina była naszą koleżanką i współpracownicą. Zatem zmieniamy ramkę drugiej strony. Naturalnie krótka informacja o śmierci, tragicznej śmierci naszej koleżanki. Uważam, że winni jesteśmy też Alinie kilka słów, jakiś artykuł może. Przecież u nas zaczynała... Grzesiek, masz chyba jakieś zdjęcia w swoich szpargałach. Notatkę przygotuję sam – mówił Wiktor, nie patrząc na nikogo. – Czy są jakieś pytania?

Nie było.

– I jeszcze jedno. Żadnych osobistych komentarzy. Nigdzie i do nikogo – dodał groźnie. – To tyle. Włodek, do mnie. Reszta może wracać do domu lub do knajpy... Do jutra. Pani Gosiu, jeśli już tu pani jest, to proszę o dwie kawy. Parzone!

Gdy zostali sami, Wiktor palnął pięścią w biurko.

– Gdy ty prawie się utopiłeś w czterdziestoprocentowej żałobie, ja odebrałem telefony od połowy miasta – wrzasnął do Włodka.

Weszła Gosia i natychmiast cichutko się wycofała. Wiktor mieszał automatycznie kawę.

„Nawet jej nie posłodził" – myślał zupełnie bez sensu Włodek. Milczał. Wiktor wiedział, że sam się już skatował.

– Posłuchaj, stary. Będą cię gryźli, będą chcieli cię pożreć. Znasz to. Tak będzie do pogrzebu. Nie pójdziesz tam!

Włodek chciał się sprzeciwić.

– Nie pójdziesz! Co nie znaczy, że masz się ukrywać. Uważaj tylko na hieny z brukowców i nie chlaj. Nad czym pracujesz w tej chwili?

Włodek milczał chwilę. Próbował pozbierać myśli.

– Piszę, a właściwie zbieram jeszcze materiały... – zaczął, ale Wiktor nie dał mu skończyć.

– Musisz zająć jakieś stanowisko. Spróbuj coś napisać. W jakiej formie – jest mi obojętne.

Cholera, właśnie Alina...

Przed redakcją czekał Grzegorz z Maurycym ze sportówki.

– Może pójdziesz z nami? – Chyba z przyzwoitości zaproponował Grześ.

Włodek podziękował i pożegnał się szybko. Postawił kołnierz kurtki, ruszył w stronę baru, w którym czekała Marianna.

Jechali w milczeniu. Dopiero gdy usiedli w małym pokoju, Włodek opowiedział, co się działo w redakcji.

Słuchała z uwagą, bez najmniejszego komentarza. Oparła głowę na jego ramieniu, nogi podwinęła pod siebie, okryła się pledem.

Włodek opowiadał jej całą trzyletnią historię z Aliną. Musiał. Aż do końca. Do ostatniego niefortunnego spotkania w klubie...

Tej nocy leżeli obok siebie i żadne z nich nie śmiało dotknąć drugiego. Dopiero nad ranem, gdy usypiał, przytulił się do pleców Marianny.

Pogrzeb był w czwartek. Poszedł Wiktor z panią Gosią z wiązanką od redakcji. W te ostatnie cztery dni zrobiło się dziwnie cicho w ich wiecznie głośnej, rozjazgotanej firmie. Pracowali niby jak zawsze, ale inaczej, ciszej, wolniej, spokojniej. Włodek prawie mieszkał w redakcji. Musiał napisać artykuł do najbliższego numeru, właściwie spełnić polecenie szefa.

Marianna wyjechała we wtorek. Musiała. Nie miał więc po co wracać do pustego mieszkania. Dzielnie towarzyszył mu Grzegorz, ale nie pajacował jak zwykle. Czasami też wypili piwo po pracy i gadali o niczym. W mieście wrzało. Wiedział o tym, chociaż nikt z kolegów mu nie mówił. Telewizja lokalna podała w wiadomościach krótką informację o śmierci koleżanki. Bez komentarza. A on? Nie miał pojęcia, jak i co napisać. Miotał się i klął, a rubryka „Człowiek" nadal była pusta. Tylko telefony od Marianny przynosiły ulgę.

Zrobiło się zimno. Wszędzie stały chryzantemy. Zbliżał się dzień Wszystkich Świętych. Włodek wyszedł z redakcji, gdy było już ciemno. Prószył drobny śnieg z deszczem. Postawił kołnierz. I nagle wszystko wydało mu się proste. Biegł prawie do tramwaju i po dwa stopnie pokonał schody. Nie zdejmując kurtki, siadł do laptopa. Pisał jak kiedyś, z pasją i bez skreśleń.

Zeszłoroczny śnieg

Co roku mijam w rynku stragany kwiaciarek w tym szczególnym, zimnym miesiącu. Stroją się w pyzate chryzantemy, złote, żółte, czerwone, białe... Co roku podziwiam ich różnorodność i szukam wśród nich nowej odmiany. Ale w tym roku patrzę na kolorowe, roztrzepane jak włosy młodej dziewczyny kwiaty inaczej. Są w naszym kraju symbolem tych, którzy odeszli. Czy to dobre słowo: „odeszli"? Przyjęło się. Łatwiej się może pogodzić, bo jest jakaś nadzieja. Bo czasami ci, co odeszli, wracają. Chyba że odeszli na zawsze... jak nasza redakcyjna koleżanka Alina. I chyba nie zatrzymałbym się dłużej, gdyby ta śmierć nie dotknęła mnie osobiście, boleśnie. Była bez sensu!

A która jest z sensem? Która? Ludzka arogancja nie sięga tak daleko. Dopiero gdy człowiek otrze się blisko, poczuje chłód grobu kogoś bliskiego, pokornieje... Towarzyszę Państwu w tej rubryce od lat, przyjaźnię się z Państwem lub kłócę. Różnie bywało.

Ale dziś chcę podziękować za cierpliwość i wierność. Świadczą o tym Państwa telefony i listy. Każdy ma monopol na jakiś rozdział w tym życiu. Mój właśnie się skończył, co nie znaczy, że na zawsze...

Włodek skończył. Oparł głowę na rękach i wreszcie płakał. Było już bardzo późno, kiedy zadzwonił do Marianny.

– Czy mogę przyjechać do ciebie na Święto Zmarłych...?

– Nie, przyjedź na zawsze. Natychmiast!

Wreszcie zdjął kurtkę, zapalił papierosa. Nalał lampkę wina. Siedział długo w ciemnym pokoju. I po raz pierwszy od tygodni spokojnie zasnął.

– On chyba oszalał! Grzesiek, przemów mu do rozsądku! Złożył wymówienie... – Wiktor szalał po redakcji. – To ja go przecież... – Zamilkł.

W drzwiach stał Włodek.

– Ja wiem, że jestem niewdzięczny – warknął w ich stronę. Postawił małą torbę podróżną obok biurka. Usiadł i zaczął przeglądać szuflady. Opróżniał je, układał na jednej stronie biurka jedne papiery, na drugiej inne.

Wiktor usiadł obok na krześle. Włodek podniósł głowę, spojrzał mu w oczy. Splótł ręce na biurku...

– Posłuchaj mnie przez chwilę, Wiktor – zaczął cicho. – Jestem i będę do końca życia twoim dłużnikiem i przyjacielem, ale muszę i chcę stąd odejść. Bo się uduszę. Ty jako dziennikarz wiesz najlepiej, że to powołanie, a nie zawód czy normalna praca w naszym przypadku. Ostatnie tygodnie, szczególnie od mojego urlopu, śmierć Aliny, uzmysłowiły mi, że muszę coś zmienić w moim życiu. Mam dość wynajętych pokojów, cudzych łóżek i plecaka zamiast szafy. Nie znaczy to, że chcę zmienić styl życia czy profesję. Dziennikarzem byłem i będę do zasranego końca. Ale nie chcę już żyć tak, jakby to był ostatni dzień mojego życia. Muszę mieć jakieś jutro, bo wypaliłem się wewnętrznie, bo napisanie nowej linijki prawdy stwarza mi coraz większe trudności. I może wreszcie będę miał jakiś dom... bo ostatni miałem w dzieciństwie.

– No masz babo placek! – krzyknął Wiktor. – Przecież wiedziałem, że chodzi o babę. Marianna! Czy ty, człowieku, nie możesz po prostu sprowadzić jej tutaj, do Wrocławia, tylko jedziesz do jakiegoś grajdoła wśród tataraku...

– Przestań, proszę! Nie poniżej pasa, Wiktor. Bo to nie twój styl. Uważaj!

Grzesiek siedział parę kroków dalej. Zerwał się nagle, jakby chciał stanąć między nimi.

– Ludzie! Kurwa mać i skrzypce! Gadajcie normalnie. Włodek, Wiktor. Kompromis, tolerancja, prawda – piszecie na co dzień, używacie słów, które naraz są wam obce. Chyba mnie będzie najtrudniej bez Włodka we Wrocławiu, ale... on ma rację, rozumiem go, bo pół życia spędzam między redakcją a Kalamburem i najsmutniejsze, że nie spotkałem takiej Marianny. A ty, Wiktor? Kiedy byłeś ostatni raz z rodziną na urlopie?

Wiktor milczał. Wstał z krzesła, szedł w stronę gabinetu.

– Coś za coś, Grzesiu. Coś za coś...

Grzegorz usiadł na miejscu Wiktora.

– Napiłbym się. A ty?

– No to idziemy „do nas".

Od śmierci Aliny nie był tutaj za radą Wiktora. Dochodziły go jednak echa różnych dyskusji czy wypowiedzi ludzi zza klubowego stołu. Szczególnie po kielichu. Grześ nieraz sam się wygadał, że pokłócił się z kimś o Włodka.

Usiedli przy stoliku, było jeszcze pustawo, pani Danka przywitała Włodka jak kogoś bliskiego, kto wrócił z długiej podróży.

Włodek zamówił piwo, Grzegorz pił drugą wódkę. Włodek zapalił świeczkę w brązowym lampioniku. Patrzył na płomień.

– Wiesz, stary, co będziesz tam robić? Bo przecież nie zamierzasz zmywać garów u Marianny – śmiał się Grzegorz. – Uschniesz bez pisania. Czy może już się rozglądałeś po okolicy?

Włodek popatrzył na Grześka ze smutnym uśmiechem.

– Grzesiu, wiedziałbyś pierwszy o moich planach. Wiesz przecież, że nie odchodzi się po tylu latach ot tak sobie. Nie wierzę, że nie znajdę czegoś dla siebie, jest jeszcze „Gazeta Bałtycka" albo „Pomorska". Nawet znam platynową blondynkę stamtąd. – Uśmiechnął się do siebie. – Piszę książkę, jak wiesz, od dwóch lat. Chciałbym skończyć. Stary, ja nie chcę znowu zmarnować szansy, jaką mi daje moje ekspresowe życie. Nie mogę i nie chcę. I ty przecież rozumiesz to najlepiej.

Teraz obaj patrzyli w migoczący płomień świeczki. Nie zauważyli nawet, że lokal się zapełnił, że obok siedzą znajomi, spoglądając ukradkiem w ich stronę, ale nikt nie śmiał podejść i przeszkadzać tym dwóm.

Włodek zaczął się zbierać. Musiał jeszcze wpaść do mieszkania na Kruczą, zabrać resztę manatków, powyłączać światła i oddać klucze. Pożegnał się z Grzesiem; poklepując się wzajemnie po plecach, pocieszali się, że to tylko parę kilometrów. Włodek wyszedł na rynek. Podszedł do straganu z chryzantemami. Wybrał jedną, najbardziej pyzatą i roztrzepaną, i przechodząc przez most, wrzucił ją do Odry. Patrzył za nią, jak płynęła z nurtem rzeki, aż zniknęła mu z oczu. Podniósł kołnierz kurtki i szybkim krokiem ruszył przed siebie.

Specjalnie wyjeżdżał nocnym pociągiem. Chciał być sam. I był, w pustym przedziale. Gdy pociąg ruszył, nawet nie wyglądał przez okno na zasypiający Wrocław. Nie mógł. „Wszystko to zeszłoroczny śnieg, tylko zeszłoroczny śnieg" – powtarzał w myślach słowa ostatniego artykułu we wrocławskim tygodniku.

Zeszłoroczny śnieg

Siedział już dobrą godzinę nad ostatnim artykułem do „Pomorskiej" i nie mógł skończyć. Zatytułował ten artykuł *Lęki poranne*. Tytuł zapożyczył z dawno oglądanej sztuki telewizyjnej, z której niezastąpiony, nieżyjący już Roman Wilhelmi zrobił prawdziwy majstersztyk.

Artykuł może nie był tak dobry i ważny jak tamten teatr, ale Włodek z profesjonalnego nawyku chciał jak zawsze napisać jak najlepiej. Jakoś mu nie szło. Rozejrzał się po redakcji. Prawie się zadomowił, chociaż brakowało mu Grześka i Wiktora. Marta okazała się kompetentna i sprawiedliwa w ocenach, reszta kolegów – różnie. Jak wszędzie. Objął tu także rubrykę „Człowiek", i właściwie robił to, co we Wrocławiu. Najbardziej bał się rutyny. Ta niszczyła i zabijała w nim wszystko, dlatego zajął się pracą nad rozpoczętą książką. Szło mu opornie. Przyzwyczajony do szybkiego, zwięzłego stylu, tracił cierpliwość po napisaniu kilku stron. I nigdy nie był do końca zadowolony z tego, co napisał. Teraz też.

Musiał zrobić sobie przerwę. Artykuł skończy w domu. Pomyślał: „w domu". Minęło trochę czasu, odkąd zdecydował się na zmianę w życiu, i ani przez sekundę nie miał wątpliwości, że postąpił słusznie. Naturalnie, że motorem, który pomagał mu w tej podróży, była Marianna, a właściwie miłość do niej. Po przyjeździe tutaj najpierw urządzali się w nowym życiu, dopasowywali, bo to już nie była urlopowa miłość, która miała się skończyć z końcem turnusu. Wiedzieli o tym oboje i chuchali na siebie, na tę miłość, aby jej Boże broń nie ostudzić, nie oziębić. Co nie znaczy, że nie było spięć. Najczęściej o pieniądze, które miała Marianna, a on nie chciał ich wydawać, jakby były wspólne. Szczytem szczęścia było dla niego wspólne mieszkanie na piętrze w hotelu, wydzielone w zacisznym końcu korytarza. Marianna, ze swoim praktycznym zmysłem, urządziła w nim pokój do pracy, który służył im obojgu. Naturalnie Włodek korzystał z niego częściej, kiedy ona zajmowała się hotelem. Robiła to z pasją, miłością do szczegółów w każdym calu, od wystroju, do dbania o gości, ich potrzeby i wymagania. Nie spełniły się przypuszczenia Grzesia, który żartował, że Włodek będzie zmywał gary u Marianny.

Wszedł do holu, gdy Marianna prowadziła właśnie w recepcji rozmowę z Asią. Skinęła w jego stronę, dając do zrozumienia, że na razie jest zajęta. Nie miał ochoty siedzieć w pustym mieszkaniu. Usadowił się w końcu w sali restauracyjnej. Był głodny. Zamówił u kelnera małą przekąskę i wrócił do artykułu.

„Lęki poranne" to temat, który dotyczył właściwie trudnych momentów w ludzkim życiu. Poruszyła go historia młodej dziewczyny, którą spotkał przypadkowo w ośrodku dla trudnej młodzieży. Dziewczyna natychmiast zwróciła jego uwagę. Zamiast twarzy miała maskę. Żadnego wyrazu. Oczy, tak, oczy, patrzyły, i – jak się Włodkowi zdawało – nie wyrażały nic. Żadnej emocji. Automat. Kierownik ośrodka, z którym był umówiony, oprowadzał go po obiekcie dumny z wyposażenia, nowoczesnych metod pomocy młodym ludziom. Okrągłe zdania, pasmo sukcesów podopiecznych nie przekonały jednak Włodka. I ta dziewczyna, którą spotkał w jasnym korytarzu pełnym zieleni nie dawała mu spokoju. Powiedział niezbyt zadowolonemu szefowi placówki, że chciałby sam stworzyć sobie obraz tego miejsca. Ten niechętnie wyraził zgodę.

Znalazł wreszcie tę dziewczynę w niewielkiej niszy w korytarzu. Siedziała w fotelu i przerzucała leżące na stoliku czasopisma. Dosiadł się niby niechcący, szukał czegoś w swojej torbie, kątem oka patrzył na dziewczynę. Wiedział, że jeśli zada teraz jakiekolwiek banalne pytanie, straci szansę. Spokojnie wyjął z torby papierosy, rzucił niedbale na szklany blat stołu, zapalił jednego i podsunął paczkę dziewczynie. Nareszcie na jej twarzy pojawił się wyraz zdumienia i coś jakby uśmiech. Bardzo głębokim głosem oznajmiła, że na terenie ośrodka obowiązuje absolutny zakaz palenia. Wiedział o tym oczywiście, ale gest wart był ryzyka. Natychmiast pojawił się ktoś z personelu. Musiał opuścić ośrodek. Wyszła z nim przed budynek. Było zimno, ale nie kapitulował. Przypalił nowego papierosa, poczęstował dziewczynę. Miała siedemnaście czy osiemnaście lat, ocenił, ale jakaś smuga na tej twarzy-masce czyniła ją starszą.

– Jak ci tu? – rzucił niedbale.

– Może być, wszędzie jest ten sam gnój – skomentowała bez cienia emocji i pociągnęła nosem.

Było to na pewno nie do końca fair, gdy zaprosił ją na piwo. Na szczęście nie piła. Po przełamaniu pierwszych lodów dowiedział się wreszcie, że gdy miała piętnaście lat, zgwałcił ją konkubent matki, a matka miała wówczas pretensję do niej, że to jej wina, a największą pretensję miała o to, że nie była już dziewicą. Opowiadała to wszystko, jakby to jej nie dotyczyło, jakby zdawała sprawozdanie z jakiejś banalnej historii, beznamiętnie, przerażająco beznamiętnie. Słuchał tylko. Milczał.

Wtedy pierwszy raz uciekła z domu. Klasyczna kariera potoczyła się sama: kradzieże, prostytucja, żeby przeżyć. Złapano ją na włamaniu do auta. Z dwoma takimi jak i ona. Sąd, wyrok, ośrodek. I to wszystko. Nie. Powiedziała jeszcze, że najgorsze są przebudzenia, bo trzeba w idiotycznym ośrodku zaczynać nowy, beznadziejny dzień. Tylko wtedy się boi, że nie wytrzyma.

Lęki poranne więc...

Włodek wrócił do artykułu. Tym razem poszło gładko. Przełknął szybko ostatni kęs. Zamówił kawę. Nareszcie Marianna też usiadła przy nim z filiżanką kawy.

Zima minęła jakby w mgnieniu oka, bo przecież w ich życiu dalej trwała wiosna. Na święta Bożego Narodzenia przyjechała Weronika. Włodek liczył też wciąż na to, że może wreszcie odwiedzi go córka, ale napisała, że właśnie w święta wychodzi za mąż. Przysłała zdjęcie i życzenia noworoczne. Dowiedział się, że jego zięć jest Amerykaninem i buddystą, że są szczęśliwi. Jednak było mu jakoś nieswojo. Z drugiej zaś strony cieszył się szczęściem córki. Może kiedyś odwiedzi ją razem z Marianną, o ile ona będzie w stanie jechać do kraju, w którym straciła męża. Jeszcze nie teraz, nie teraz...

Weronika za to z niesamowitą ilością pakunków i z taką samą ilością optymizmu wniosła w i tak już świąteczną atmosferę tyle radości, że zarazili się nią oboje i byli jej wdzięczni, gdy stała w kuchni, piekąc i gotując. Pomagali oboje, a raczej chcieli pomagać, ale chyba tylko przeszkadzali. Śnieg przysypał świat, uczynił go czystym, wolnym od codziennych tragedii, bo skupił się wokół magicznego bożonarodzeniowego drzewka, przy którym milkły spory. Choć na chwilę.

Sylwestra Marianna urządzała już od dawna w hotelu. Bawili się świetnie do białego rana. Opustoszało, gdy wyjechała Weronika. Wracali do normalności, do codziennych spraw. Obiecali Werze, że Wielkanoc spędzą wspólnie w Moguncji. Włodek nie przywiązywał wielkiej wagi do wszelkich świąt, ale te przypominały mu dom rodzinny, wigilijny stół, spacer na cmentarz, całą tę tradycyjną polską oprawę wśród bliskich. Miał wrażenie, że znowu miał dom. Dzielił się tą radością z Marianną, a ona cieszyła się wraz z nim.

Po wyjeździe Wery długo siedzieli nocą w saloniku, gdzie pachniało igliwiem, topiącym się woskiem i waniliną. Chcieli przedłużyć choć na chwilę te magiczne, pierwsze wspólne święta. Słuchali kolęd śpiewanych przez chór dziecięcy. Otulona wełnianym pledem Marianna położyła głowę na kolanach Włodka. On gładził jej włosy i ramiona. Nie chciał burzyć tej chwili, chociaż czekała na niego jeszcze korekta ostatnio napisanego artykułu, jak zwykle na wczoraj.

W redakcji w nowym roku szybciej stukały klawiatury komputerów. Nowy rok, nowy start, podsumowania poprzedniego, nowe nadzieje na lepsze, jak każdego roku w styczniu. Włodek wiedział, że w połowie lutego wszystko wróci do normy. Codzienne wydarzenia, nowe skandale będą dyktować obraz gazety. Jakoś nie zaprzyjaźnił się właściwie z nikim tutaj, chociaż miał poprawne stosunki ze wszystkimi w redakcji. Zdarzało się nawet, że chadzał z kolegami na piwo i wódkę, ale jakoś nie zbliżył się tak naprawdę z nikim. Za to regularnie prowadził korespondencję z Grześkiem, czasami pogadał z Wiktorem. Gdy zasiedział się w redakcji, a nie był sam, porozmawiał chętnie z którymś z kolegów, ale nie było namiętnych dyskusji, jakie prowadził we wrocławskiej gazecie. Wyciszył się. Jedynie pisał dalej z pasją. Grupa jego czytelników była coraz liczniejsza, świadczyła o tym ogromna liczba listów, telefonów. Nie zawsze odpowiadał na listy, nie zawsze mógł pomóc ludziom, którzy pisali o swoich problemach. Polubił też to miejsce, niewielkie miasto, gdzie wszyscy znali się z widzenia, gdzie życie toczyło się jakby wolniej, szczególnie zimą.

Spędzali z Marianną wspólne wieczory, mówili o sprawach wielkich i małych, codziennych, była mu doradcą, kumplem, wszystkim. Powoli topniały resztki śniegu, czuło się nowy powiew wiatru, mimo że zima odchodziła jakby niechętnie i wracała jeszcze czasami, zacinając zimnym śniegiem z deszczem. Ale w przydomowych ogródkach ukazywały się, nieśmiało jeszcze, pierwsze kiełki krokusów i innych wczesnych roślin. Forsycja przed hotelem zmieniała kolor na żółty. A gdy ukazywało się słońce, ulicami szły dziewczyny w rozpiętych płaszczach, coraz częściej słychać było gwar bawiących się na podwórku dzieci.

Włodek też czuł wiosnę w kościach. Chętniej wychodził do redakcji, wcześniej, żeby nie przegapić – jak mówił – przebudzenia świata. Zdawało mu się, że ludzie na ulicach są jakby radośniejsi, lepsi.

Na początku marca Marta poprosiła Włodka o rozmowę. Otrzymała propozycję przejścia na lepszych warunkach do Słupska i zaproponowała go na swoje miejsce jako szefa placówki. Nie bardzo go to ucieszyło, ale liczył na to, że jego burzliwa kariera uchroni go przed tym szczęściem. Nie miał już wielkich ambicji, a wiedział, że jako odpowiedzialny za lokalny numer, znowu będzie musiał wybierać między prawdą a kompromisem, bo, bo... I tak dość miał tych codziennych afer, przepychanek, brudów politycznych. Uważał, że to, co robi w tej chwili, ma sens i jest uczciwe.

– Wiesz, Marta, dzięki ci za zaufanie, ale są młodsi ode mnie i lepsi. Nie gniewaj się, ale zostaw mi tę rubrykę. Już nie chce mi się walczyć, już się dość najazgotałem. I... Ach, sama wiesz, co myślę...

I zostało tak, jak było, a odkąd kupili z Marianną drugie auto, jego reportaże zakreślały coraz szersze kręgi, bo mógł dotrzeć na czas, mógł pomóc piórem. Tak mawiał.

Niedziela Palmowa przypadała w pierwszym tygodniu kwietnia. Wyjechali więc w piątek o świcie, aby wieczorem dotrzeć do Moguncji. Prowadząc auto, Włodek myślał, jak niewiele czasu minęło od momentu, gdy pokonywali tę trasę z Marianną późnym latem. Nie podejrzewał wówczas, że jego życie zmieni się tak diametralnie, że czasem sam w to nie wierzył.

Na drodze był coraz większy tłok. Czuło się, że zbliżają się święta, szczególnie kiedy przejeżdżali przez miasta, miasteczka i wsie. Dopiero na autostradzie mógł przyspieszyć, chociaż i tu było więcej pojazdów niż zwykle. Podczas tej podróży opowiadali sobie o świętach spędzanych w domach rodzinnych, gdzie tradycja wpisana była od zawsze w polską mentalność. Marianna opowiadała mu też, że święta wielkanocne w Niemczech nie mają takiej rangi, że właściwie dziś i tak wszystko sprowadza się do komercji. Zapomina się w ogóle, na jaką pamiątkę są obchodzone Wielkanoc czy Boże Narodzenie. Najlepiej przekonał się o tym sam już następnego dnia, gdy wyszedł do miasta. Marianna była umówiona z Werą, więc wybrał się najpierw po polską prasę, którą można było kupić na dworcu. Dzień zapowiadał się piękny, pełen nadziei na nowe, lepsze, inne. Ulicą płynął kolorowy tłum ludzi, kramarki na rynku przekrzykiwały się, sprzedając swoje produkty, przede wszystkim kolorowe jaja. Z wystaw sklepowych i kawiarnianych witryn spoglądały różnorodne zające, od pluszowych, czekoladowych po różnobarwne cukrowe. Włodek wiedział, że ewangelickie Niemcy przemieszane są z kulturą i religią muzułmańską oraz katolicką i świętują inaczej. Nie ma zwyczaju święcenia pokarmów, Wielki Tydzień nie ma tak pokutnego charakteru jak w Polsce. Były też regiony czysto katolickie, jak Bawaria, ale tylko o tym czytał.

Poszukał wolnego stolika w jednej z kilku kawiarni na rynku. Chciał przeczytać codzienną prasę, zamówił kawę, ale najpierw rozejrzał się ciekawie, szukając palmy, symbolu Niedzieli Palmowej. Owszem nieśli ludzie kupione na rynku gałązki, najczęściej z mirtu, ale nie palmy, jakie znał z Polski, kolorowe, ozdobione wstążkami, barwami regionów kraju.

Dzwon katedralny wydzwonił dwunastą. Włodek oglądał tłum płynący przez słoneczny rynek, ludzi przy stolikach obok, którzy mówili różnymi językami, i uzmysłowił sobie, że nie wyobraża sobie takiego obrazu w Polsce.

Bo to jest tolerancja, poszanowanie różnych kultur, zwyczajów, innowierców. Naturalnie, że Niemcy mieli problemy z integracją. Szczególnie z kulturą turecką czy inną. Że neonaziści maszerowali przez miasta, krzycząc hasła przeciwko obcokrajowcom. Naturalnie, że w takim wymieszanym społeczeństwie nieuniknione są problemy, że świat krzyczy też o wojnie religijnej czy kulturowej, ale Włodek uzmysłowił sobie nagle, że jednak dokonano w Europie nie lada czynu. Mimo gróźb, pogróżek, muru berlińskiego, przewrotów rewolucyjnych w krajach Europy Wschodniej utrzymano pokój. Nie było pożogi na miarę ostatniej wojny światowej. I to właśnie w tym kraju siedział na rynku wśród rożnych narodowości, ludzi takich jak on, którzy z różnych powodów znaleźli się tutaj, i to go napawało optymizmem. „Będzie dobrze, musi być dobrze..." – jakby miał sam decydować, jak potoczy się świat. Jakby to od niego zależało, że na świecie zapanuje wreszcie ogólna zgoda i zrozumienie.

Wieczorem przy lampce wina dzielił się swoimi spostrzeżeniami z Marianną i Weroniką. Dyskutowali do późnej nocy. Każde z nich miało inne zdanie, „bo i inne doświadczenia" – tłumaczył sobie Włodek.

A jednak mieli swoją Wielkanoc. W Niedzielę Palmową wyszli do miasta, mieli gdzieś zjeść obiad, a później wybrać się na spacer. Marianna chciała przede wszystkim pokazać Włodkowi kościół Świętego Stefana z jedynymi w Europie oknami wykonanymi przez Chagalla. Liczyła też na to, że będzie, jak zwykle w niedzielę, przewodnik i opowie historię wykonania witraży przez światowej sławy artystę, który stworzył dzieła wielkie, niepowtarzalne, własną wizję stworzenia świata. Szli więc w wiosenną niedzielę przez pasaż Rzymski, mijali otwarte sklepy, kwiaciarnie pełne ludzi. Uliczni muzykanci wygrywali swoje drobne pieniądze, śpiewając rożnymi językami. Najczęściej po rosyjsku. Marianna odpowiadała Włodkowi na wszystkie jego pytania. Teraz wyjaśniła, że bardzo często na ulicy śpiewali artyści po szkołach muzycznych i konserwatoriach, zarabiając na życie.

Stanęli na małym placu, oboje zdumieni. Najpierw usłyszeli śpiew radosny, podniosły, pobożny. Dwieście, a może więcej osób śpiewało po włosku kościelną pieśń. Każda z nich trzymała w dłoni gałązkę oliwną, co jakiś czas wznosząc ją w górę. W środku tego zgromadzenia stali ksiądz w ozdobnym ornacie oraz kilku ministrantów ubranych w białe komże. Wokół tego rozśpiewanego tłumu stawali przechodnie, a Włosi podbiegali do nich natychmiast, dzieląc się swoją gałązką oliwną.

Włodek i Marianna też je dostali, zielone, delikatne i wiotkie. Było w tym geście tyle radości, że Włodek, gdyby umiał tę włoską pieśń, zapewne przyłączyłby się natychmiast do ceremonii. I spojrzał na Mariannę, aby jej to powiedzieć...

Stała jak skamieniała, po twarzy płynęły jej łzy. Znała ten obyczaj, przecież Marcel był Włochem. Gdy rozśpiewana procesja ruszyła ulicą, Marianna stała dalej w tym samym miejscu z gałązką oliwną, którą mocno ściskała w dłoni. Stał obok bezradny.

– OWSZEM, PÓJDZIEMY ze święconką – usłyszał Włodek z pokoju głos Wery. I poszli, Wera i Włodek, do polskiego kościoła, przed którym stały kramy z polskimi palmami, pisankami i wszystkim, co potrzebne i niepotrzebne na polskie wielkanocne święta. Włodek skomentował tylko, że Jezus na pewno by się ucieszył, gdyby wchodził do świątyni otoczonej przez handlarzy. Od Wery dowiedział się, że Marianna nie chodzi do kościoła od śmierci Marcela. Weronika powiedziała mu też, że bardzo się wówczas o nią bała, bo gdyby Marianna wykrzyczała swoją rozpacz... a ona nie, była jak z kamienia, otoczyła się murem, przez który nie można się było przebić.

Wracali z polskiego kościoła promenadą nad Renem. Słuchał z uwagą Weroniki. Promenada zapełniała się spacerowiczami, całe rodziny wyległy w ten piękny kwietniowy dzień, jak się Włodkowi wydawało. Rowerami lub pieszo. A jeszcze do tego rozlokował się na niej wielkanocny kiermasz. Coś na wzór wesołego miasteczka, z watą cukrową i całym tym niepowtarzalnym kiczem. Tylko starą dobrą karuzelę wymieniono na diabelskie maszyny, które wirowały lub leciały w górę z krzyczącymi, najczęściej młodymi ludźmi.

Ostatni taki kiermasz pamiętał z dzieciństwa, gdy wraz z rodzicami uczestniczył w jakichś obrządkach na odpuście u rodziny ojca w podwrocławskiej wsi. Później nie zajmował się takimi sprawami. Dziennikarski bakcyl pochłonął go całkowicie. Pędził. Może zatrzymał się na moment, gdy umierali rodzice, ale na krótko. I chyba dopiero śmierć Aliny, a może to, że wydoroślał na tyle, sprawiało, że sortował i układał to swoje życie na nowo...

Weronika milczała, idąc obok niego, jakby nie chciała przeszkadzać. Wokół kręcił się kiczowaty świat.

A JEDNAK ZOBACZYŁ witraże Marca Chagalla. Po świątecznym śniadaniu Wera i para zaprzyjaźnionych z Marianną ludzi z firmy Marcela pożegnali się, wiedząc, że w Poniedziałek Wielkanocny mają wracać do Polski. Marianna otrzymała wiadomość, że musi wrócić wcześniej do hotelu. Było świątecznie, z prawdziwą święconką i białą kiełbasą, którą przywieźli z Polski. Włodek pomagał, cieszył się jak nigdy i cały czas pajacował. Marianna się śmiała i wreszcie zniknęła ta smuga cienia po Niedzieli Palmowej. Po wyjściu gości uporali się prędko z porządkowaniem mieszkania.

Gdy Włodek wszedł do kościoła, przycupnął w ostatniej ławce obok Marianny. Błękit witraży był tak intensywny, że znowu cisnęło mu się do głowy jedyne skojarzenie – kosmiczne światło. Jak wtedy, gdy odszedł od Aliny. Ujął dłoń Marianny i siedzieli oboje zapatrzeni w stworzoną przez człowieka historię biblijną na szkle. Włodek wiedział, że o tym napisze, ale czy potrafi znaleźć słowa? Czy wystarczy mu tym razem wyobraźni, na którą się nigdy nie skarżył? Marianna nachyliła się i opowiedziała mu szeptem, że przychodziła tutaj w trudnych chwilach po śmierci Marcela. W drodze do domu nie mówili wiele, ale Włodek zdecydował wreszcie, że spyta ją, czy nie nosi w sobie żalu, nienawiści, zadry. Szli przez park z pierwszą wiosenną zielenią, prześliczny, bo upstrzony pierwszymi żonkilami i innymi wiosennymi kwiatami. Marianna się uśmiechnęła i pocałowała Włodka.

– Kiedyś słyszałam, że tylko kocha się za nic, bo na nienawiść trzeba sobie zasłużyć... Rozumiesz mnie? Właściwie nie znałam uczucia nienawiści. Masz rację, jest we mnie żal, może nawet zadra, jak to nazwałeś. Z czasem leczymy się z naszych demonów. Nigdy na pewno nie zapomnę cierpienia po śmierci bliskich, ty zapewne też nie. Człowiek jest silny, wiele udźwignie. Nigdy nie myślałam, że udźwignę moją osobistą tragedię i znajdę siłę, aby rozpocząć życie od nowa. A jednak...

Przyjaźnie

„Kocha się za nic, bo na nienawiść trzeba sobie zasłużyć" – powiedziała Marianna.

To proste zdanie wydało się Włodkowi tak wielkie w swojej prawdzie, że uczynił je mottem nowego artykułu. Siedział na tym artykułem drugi dzień. Utknął i nie mógł dalej pisać. Pustka!

Zrobiło się ciepło, zielono, wiosennie. Siedział na tarasie z laptopem i wściekał się na siebie.

Miłość i nienawiść, tak blisko siebie, dwa elementy, które w całej palecie emocji są chyba najbardziej spokrewnione. Jeszcze raz przeczytał to, co napisał do tej pory. Nie podobało mu się. Zamknął program, rozejrzał się wokół. Wiosna przyszła nagle i w całej swojej urodzie. Czuło się i widziało ją wszędzie, czy to w kolorowych sukienkach dziewczyn idących ulicą, czy w kwitnących kwiatach na trawnikach, czy w nastrojach ludzi stęsknionych za słońcem. Irytował go ten jasny i dobry świat, gdy on babrał się znowu w jakimś błocie, w ludzkim nieszczęściu. Tym razem nie pisał o osobistym losie jednej osoby. Szło o wiele więcej. Przed kilkoma tygodniami ukazała się książka, która wywołała awanturę w całej Polsce. Autor mieszkał w Ameryce, był Żydem i spisał, prawdziwe czy nie, przeżycia polskich Żydów w powojennej Polsce. Włodek musiał zająć stanowisko w rozpętanej w kraju dyskusji. W każdej gazecie, małej, czy dużej, pełno było głosów, komentarzy. Nie czytał ich, nie chciał się uzależniać od cudzych opinii. Chciał i wiedział, że musi sam napisać artykuł, w którym wypowie swoje własne zdanie, szczere i osobiste. Naturalnie, że jest to trudne, a temat tak stary jak historia narodu żydowskiego.

Książkę przeczytał i nieźle się przy tym wściekał. Na marginesach pisał swoje komentarze, czytał Mariannie fragmenty, już razem z komentarzami, i nie mógł jeszcze zebrać myśli w artykuł. Redakcja czekała cierpliwie do dziś. Ale w następnym numerze artykuł miał się pojawić w jego rubryce. Czyli bardziej będzie musiał pisać o etycznej istocie książki, a nie o przesłankach politycznych.

Siedział więc na tarasie w środku wiosennego dnia i próbował coś napisać. Marianna pojawiała się i znikała, jak zwykle w takich sytuacjach. Nie przeszkadzając, czasami tylko uśmiechając się, stawiała przed nim kawę i wracała do swoich zajęć.

Jak wówczas, gdy zobaczył ją po raz pierwszy.

Owe miesiące przeżywał jak w transie, szczególnie te ostatnie. Nawet zajął się znowu swoją książką. Nie miał cierpliwości do regularnego pisania i zastanawiał się, jak robią to ludzie, którzy piszą książki i z tego żyją.

Jemu wydawało się, że trwa to zbyt długo, a każda zapisana strona budziła nowe wątpliwości, czy aby jest wystarczająco dobra. I zaraz by coś zmieniał, kreślił... Przed paroma dniami odłożył więc tekst do szuflady, licząc na to, że znowu się kiedyś upomni o ciąg dalszy. Gdy rozpętała się wojna po ukazaniu się książki Amerykanina, w ogóle zapomniał, że sam pisze książkę, i zajął się rubryką w „Pomorskiej". Właściwie zmusiła go do tego sytuacja wokół i zbierająca się burza w mediach.

Zachmurzyło się nagle. Niebo nad jeziorem rozbłysło. Nawet nie zauważył, kiedy zmieniła się radykalnie pogoda, i po raz któryś stwierdził, że tylko tu, na Pomorzu, zaskakiwała go grymasami, jak teraz. Zebrał szpargały, kawę i wszedł do środka.

Marianna wydawała jakieś dyspozycje, trzymając w obu rękach talerze. Skinęła w jego stronę, co oznaczało, że przygotowała dla nich obojga posiłek. Wszedł więc do restauracji. Lubił te wspólne posiłki z Marianną. Dawały poczucie domu. Przyzwyczajony do szybkiego życia, nie przywiązywał wielkiej wagi do tego, co je i gdzie. Odkąd był z Marianną, zmienił się nie tylko jego zabiegany tryb życia, mimo że dalej się spieszył, ale inaczej, sensowniej, jak mu się zdawało. Teraz na przykład gonił go termin skończenia artykułu.

Marianna słuchała uważnie, kiedy czytał jej to, co do tej pory napisał. Często była jego pierwszym czytelnikiem, i to zazwyczaj krytycznym. Cenił bardzo jej zdanie i teraz też czekał, co powie. Marianna zmarszczyła brwi, co nie zapowiadało nic dobrego. I rzeczywiście nie była zachwycona artykułem. Nie jesteś szczery, Włodku, w tym, co piszesz. To jest... Szkolne, tak, szkolne. – Szukała słowa. – To nie jesteś ty! Brak w tym pazura. Widziałam cię czytającego książkę. Widziałam, co się wówczas z tobą działo. Więc napisz to, nawet w formie listu otwartego.

Po chwili został sam, bo Mariannę poproszono do recepcji. Już kiedyś pisał otwarty list. Wtedy, gdy żegnał się z wrocławskimi czytelnikami, a Wiktor prawie chciał go bić. Uśmiechnął się do wspomnień. Postanowił zadzwonić zaraz jutro do wrocławskiej redakcji.

Napisał list otwarty do autora książki i rozpętała się następna wojna... W redakcji. Ale w zupełnie innym wymiarze niż wtedy we „Wrocławskiej". Naczelny zadzwonił z Gdańska. Powiedział właściwie jedno zdanie: że puści list, jeśli Włodek dokona pewnych skreśleń dla dobra publicznego. Włodkowi zaparło dech w piersiach. Pamiętał czasy, gdy wyrzucano go za odwagę, jak mawiali kolesie z „Wrocławskiej". Sądził, że ten czas cenzury, skreśleń dawno minął. Trzasnął drzwiami, aż się zatrzęsło i wyszedł z redakcji. Automatycznie szedł w stronę jeziora. Nie widział nic, wiosny, która pchała się w każdy zakamarek istnienia, kolorowych dziewczyn na ulicy ani szuwarów żyjących nowym życiem. Znowu siedział na ławce i szukał odpowiedzi w tafli jeziora, w którym przeglądał się krzyżacki zamek. „Każda generacja tworzy własną moralność, własną etykę, która niewiele ma wspólnego z prawdą, idioto! – urągał sam sobie. – Prawda! Ilu ludzi, tyle prawd! Ale są tematy, miejsca w historii człowieka, że po dzień dzisiejszy niewygodnie lub niezręcznie o nich mówić. Choćby Watykan z dwutysiącletnią historią, bo w wiarę katolicką wpisany jest dogmat i basta! Reszta to grzech, krytyka to grzech". I grzechem był jego list otwarty, zbyt krytyczny, zbyt... otwarty. „Chyłkiem, panowie, i gładko" – śpiewał kiedyś Grzesiek po pijaku na wrocławskim rynku. Włodek wyjął z kieszeni ten nieszczęsny tekst. Czytał znowu i znowu...

Takim też niewygodnym tematem był i jest problem żydowski. Najlepiej przemilczeć, a on pisał:

„Samemu trzeba być perłą, aby o innych źle mówić. Bogu dzięki należymy do generacji bez lęku, lecących bomb, aresztowań, łapanek, obozów... W tamtych strasznych czasach wielu Polaków narażało życie, ratując Żydów nie dla zysku, diamentów i złota. Znamy takie historie, Szanowny Panie zza rodzinnego stołu. Żydzi opuścili Polskę w 68 roku – i Pan, i ja wiemy dlaczego. Jest Pan moim rówieśnikiem i mam pytanie: jak to możliwe, że Pan właśnie uzurpuje sobie prawo do pisania rzeczy niesprawdzonych do końca, enigmatycznych, faktów pełnych grozy i krwi, i przedstawia Pan Polaków jako morderców żydowskiego narodu. Hieny są i były zawsze. Ja dzielę ludzi na złych i dobrych, bo tak mnie nauczył dom rodzinny, a nie według rasy, wiary czy pochodzenia. Wtedy też byli tacy i tacy ludzie. I pytam Pana: jak spojrzy Pan w twarz Polakowi, który ratował Żydów w czasie wojny, przemycał dzieci z getta, ukrywał przed hitlerowcami? I pytam: jak to możliwe, że żyją ludzie, którzy byli wówczas i żyli w Polsce, i nikt z nich wówczas nie szkalował Polski i Polaków, tak jak Pan to czyni? Nastał czas wybaczania i przeprosin. Watykan – za świętą inkwizycję, Szwedzi – za potop, Niemcy przepraszają do dziś. Polska – za Jedwabne, a Pan kąsa. Jakoś nikt z Pańskiego umęczonego narodu nie pamięta też, że to właśnie Polska przyjęła Żydów, gdy wypędzono ich już ze wszystkich krajów Europy przez wieki ich tułaczek. I jakoś do dziś nie usłyszałem od żadnego rabina podziękowania...!".

Włodek odrzucił tekst. Zirytowany nie czytał do końca. Już wiedział, które zdania miał wykreślić. Próbował się uspokoić. Wiedział przecież, że musi podjąć decyzję, i to zaraz. Teraz. Słońce świeciło coraz mocniej, więc zdjął marynarkę, oparł się o ławkę, przymknął oczy. Słuchał wiosny. Wreszcie wszystkimi zmysłami. Pachniało tatarakiem i wodorostami, radością budzącego się życia, a on użalał się nad sobą. Niechętnie opuścił to miejsce i ruszył w stronę hotelu. Musiał porozmawiać z Marianną.

Gdy wreszcie usiedli oboje przy stoliku na tarasie, Włodek już na tyle się uspokoił, że przedstawił Mariannie całą sprawę bez emocji. Nie omieszkał jednak dodać na końcu komentarza, że Grzesio miał chyba rację, gdy mu kiedyś przepowiedział, że będzie szorował gary u Marianny w hotelu...

– Rozumiem twój sarkazm i ironię, ale muszę jeszcze raz dokładnie przeczytać twoje dzieło. – Powiedziała to tak spokojnie, wręcz pogodnie, że Włodek prawie się obraził. Przy kawie długo jeszcze dyskutowali i argumenty Marianny przeciwko jego argumentom były rozsądniejsze, bo wypowiadane z dystansu osoby niezaangażowanej bezpośrednio. Właściwie myślała tak jak on, mówiła tak jak on, a jednak...

– Widzisz, Włodku, jest czas miłości, czas nienawiści, czas wybaczania, ale też zawsze jest czas na kompromis, dyplomację. Twój list dotyka boleśnie, a sam żądasz, żeby twojego narodu i ciebie nie szkalowano. Czyli prawda jest gdzieś po środku. Kompromis gdzieś obok. Ja wiem, że pisałeś szczerze i w dobrej wierze. Sama cię o to prosiłam, jak wiesz, ale nie zapomnij, że czasami suwerenność czy profesjonalny dystans jest nieodzowny. Tak mi się zdaje – kończyła Marianna swój wywód. – Szczególnie w twoim fachu, bo jesteś rzeczywiście twórcą opinii publicznej. Może więc spróbuj jeszcze raz przeanalizować tekst, jakbyś nie był jego autorem, a czytelnikiem.

Włodek milczał. Nie chciało mu się polemizować z Marianną. Nie do końca zgadzał się z tym, co mówiła. Gdy został sam na tarasie, znowu otworzył laptopa.

Problem jak zwykle rozwiązał się sam, a właściwie zrobiła to Marta, dawna szefowa redakcji. Zdecydowała, że tyle już było na ten temat publikacji w całej polskiej prasie, że list Włodka można sobie darować. A w gruncie rzeczy chyba chciała mu pomóc wybrnąć z niezręcznej sytuacji. Więc i on, nauczony przez lata doświadczeniem, milczał, ale gdzieś głęboko została zadra i żal, kac moralny. „Zdechłbyś bez pisania" – mawiał Grzegorz we Wrocławiu. I miał przecież rację. Włodek wiedział, że szef będzie miał go na oku.

Marianna czekała cierpliwie, aż przestanie się wreszcie boczyć. Wiedziała, że on sam wystarczająco się dręczy.

Lało od rana. Ciężkie chmury wisiały nisko nad ziemią, jakby chciały się z nią zrównać. Nad jeziorem błyskało od czasu do czasu, pomrukiwało, jakby zapowiadało burzę.

W podobnym nastroju był Włodek. W hotelu było mu za ciasno, rozpoczynał się sezon, multum gości i zajęta od rana do nocy Marianna.

Szedł bez wielkiego entuzjazmu w stronę redakcji, otulony w płaszcz. Po całej aferze z jego ostatnim artykułem-listem, zrobiło się wokół niego jakby pusto. A może miał tylko takie wrażenie...

Próbował się skupić nad pracą, nad nowym artykułem do następnego wydania gazety, ale coś go gryzło, przeszkadzało. Był bez tej zwykłej pasji, ikry, coś się wypaliło. Potrzebował chyba kilku dni urlopu. Tak! Urlop!

Wszedł do redakcji z postanowieniem, że poprosi o kilka dni wolnego. Może zacznie znowu pracować nad książką, odpocznie od terminów, ludzkich losów, tragedii, sukcesów i czegoś tam jeszcze. Natychmiast poprosił szefa o rozmowę. I bez trudu uzyskał tydzień urlopu. Już nie irytowały go deszcz, pochmurny dzień ani burza. Jemu świeciło dziś słońce.

„Książka może zaczekać – myślał w drodze do domu. Do śmierci ją skończę, a jak nie, też się nic nie stanie". Już wiedział, co będzie robić w czasie, który sobie podarował.

– Jadę na kilka dni do Wrocławia, jeśli nie masz nic przeciwko temu – mówił do stojącej w recepcji Marianny. Natychmiast spakował kilka najpotrzebniejszych rzeczy, pożegnał się z Marianną i już był na szosie.

Nawet pogoda jakby się z nim przeprosiła, wyjrzało słońce, choć jeszcze nieśmiało, a on już z drogi zadzwonił do Grzesia, aby zorganizował wieczorem spotkanie, także z Wiktorem, i zarezerwował mu pokój w hotelu. Nie było mowy o żadnym hotelu dla Włodka. Nocować miał u Grzesia. Tak ustalili.

Siedzieli, jak kiedyś, w trójkę przy flaszce w redakcji, a później do późnej nocy w Kalamburze. Najpierw gadali wszyscy naraz. Gdy wreszcie Wiktor i Grzegorz opowiedzieli wszystkie nowości, plotki, skandale, Włodek opowiedział o swoich ostatnich doświadczeniach w „Pomorskiej". Najstarszy doświadczeniem i wiekiem Wiktor słuchał z uwagą, Grzesio kręcił tylko głową. Włodka znowu poniosły emocje, tym bardziej że wypity alkohol też robił swoje. Wiktor dopił piwo. Obydwaj z Grzesiem czekali, co powie. I dowiedzieli się, że Wiktor w swojej długiej karierze przeżył w różnych czasach niejedno skreślenie czy odrzucenie tekstu.

– Najgorzej było w komunie – mówił – bo pisało się pod dyktando systemu. To wiecie. Później bywało różnie. Zależy jaka opcja u władzy, jaka gazeta, i to też przecież wiecie. A od kiedy prasą rządzi obcy kapitał, też nie zawsze możesz napisać „be" na pana X.

– Twoja sprawa, Włodku, też nie pierwsza w twojej karierze. No nie! I nie ostatnia. Jedyna możliwość zupełnie wolnej prasy w naszym przypadku to założyć własną gazetę, niezależną, ale na to trzeba mieć trochę grosza, panowie. No to moja kolej, jeszcze po piwku i lulu – kończył Wiktor.

W klubie panował tłok. Włodka witano skinieniem głowy, głośnymi „chłopie, kopę lat!", ale Włodek był czujny i spięty. Ciągle widział wśród rozjazgotanego tłumu w knajpie Alinę. Czasami spoglądał w stronę drzwi, jakby czekał, że zaraz wejdzie…

Upili się oczywiście i Grześ miał swój występ na oświetlonym rynku, śpiewając ku zgrozie ostatnich przechodniów.

Włodek obiecał sobie, że pojedzie na cmentarz, na grób Aliny.

– SŁUCHAJ, STARY, do dziś cytuję twoje powiedzenie: „żeby mnie obrazić, trzeba sobie zasłużyć”, a ty się obrażasz na jakiegoś bojaźliwego naczelnego konformistę? Nie zasłużył. Rób, chłopie, swoje.

Siedzieli z Grześkiem przy piwie na środku wrocławskiego rynku. Wrocław tętnił życiem, było lato, było jak kiedyś, gdy Włodek tu żył. Był u siebie. Czasami przechodzili koledzy z prasy, zatrzymywali się przy nich, ktoś się dosiadał, opowiadał najnowsze plotki z mediów. Jak kiedyś. Kwiaciarki głośno zachwalały pachnący towar: groszki, chabry, róże i wszystkie inne. Tylko chryzantem nie było…

Na cmentarz nie poszedł, bo dowiedział się, że Alina została pochowana w rodzinnej Legnicy. Ale jednak pożegnał i zamknął, taką miał nadzieję, ten akapit.

Kupił małą wiązankę dla pani Gosi i ruszyli w stronę redakcji. Na ich widok Wiktor krzyknął jak zawsze do pani Gosi: „trzy kawy parzone!”.

Wyjeżdżał z Wrocławia do domu. Tak pomyślał: „do domu”. Podczas pobytu we Wrocławiu telefonował kilka razy do Marianny. Wiedział, że jest ciągle bardzo zajęta, że sezon urlopowy jest w pełni. Miał trochę wyrzuty sumienia, że zrobił sobie urlop, kiedy ona pracuje od świtu do nocy. Postanowił, że będzie się bardziej angażował, że spróbuje jej jakoś pomóc. Przynajmniej w sezonie. Te dni we Wrocławiu dobrze mu zrobiły. Naturalnie, że to miasto będzie zawsze jego miejscem w życiu, do którego będzie zawsze wracał. Tu spędził najważniejsze lata: studiów, miłości, pracy... wszystkiego.

Zupełnie mimowolnie zrobił rachunek ostatnich lat. Włączył radio, słuchał wiadomości. Poszukał stacji z muzyką. Jechał więc do domu i gdy minął Piłę, powitała go pomorska szosa wysadzana drzewami, które stały dostojnie przez całe generacje, czyniąc rozrosłymi konarami tunel cienia. Cieszył się, że już niedaleko.

Wrócił do rozmyślań o ostatnich rozmowach z Wiktorem i Grzesiem.

– Stary – mówił Wiktor – liczy się wiara w życie i przeznaczenie! Ale muszę przyznać, że twój tytuł bardzo mnie zainteresował. „Kocha się za nic, bo na nienawiść trzeba sobie zasłużyć". To jest prawda. Lata historii człowieka dawały na to ciągle dowody. Pisz stary, pisz...

W redakcji „Pomorskiej" powitano go, o dziwo, bardzo serdecznie. Pytano o urlop, gdzie był, co robił, jak było. Opowiadał, skąpe fragmenty, ale cieszył się właściwie, wreszcie był „swój". Najbardziej serdecznie witał się z nim Krzysztof, z którym czasami spotykał się także poza redakcją. Przy piwie dużo rozmawiali, choć nie zawsze mieli ten sam pogląd na świat. Krzysztof prowadził rubrykę polityczną i na pewno nie miał łatwo z całym tym bagnem, jak mawiał, tym bardziej że komentarze pisał zawsze naczelny. Umówili się z Krzysiem na spotkanie po robocie i Włodek zabrał się do segregowania swoich notatek. Zamierzał napisać cykl artykułów o ludziach, którzy w dojrzałym już wieku zmienili diametralnie swoje życie, na przykład zawód wynikający z wykształcenia, czy wcześniej wyuczony. Miał już przygotowaną część wywiadów i dwóch bohaterów szczególnie interesujących, jak mu się wydawało. Ustalił z nimi telefonicznie następne spotkanie. Jeden z nich, nauczyciel, dyrektor szkoły, zrezygnował z pracy i otworzył zakład renowacji antyków, które wyszukiwał i skupował. Drugą osobą była kobieta. Całe lata pracowała w przedszkolu. Została nawet dyrektorem. Za namową przyjaciół napisała książkę dla dzieci i odkryła, że właściwie to jest jej życie. Pisanie. Książka odniosła sukces, potem była druga, trzecia… Zaczęła też malować obrazy. „Nie wiedziałam, że potrafię…" – zwierzała się Włodkowi. Przygotowywała właśnie wystawę.

Koncepcja Włodka polegała na ukazaniu równocześnie obydwu postaci w jednym artykule. Tak bardzo zagłębił się w pracy, że dopiero telefon od Marianny przypomniał mu, że byli umówieni w mieście. Szybko wyszedł z redakcji.

Wieczorem siedział z Krzysiem na tarasie. Najpierw gadali o polityce, nowych władzach, i temat rzeka ciągnąłby się zapewne w nieskończoność, gdyby ich dyskusji nie przerwała para młodych ludzi, którzy zajmowali miejsce obok ich stolika.

Ciemniało już prawie i Włodek zwrócił tylko uwagę na atrakcyjną blondynkę w towarzystwie młodego chłopaka. Krzysztof skinął powściągliwie głową w kierunku tych obojga. Milczał. Włodek nie nalegał. Popijał małymi łykami piwo i patrzył na Krzysia. Wreszcie tamten zaczął mówić. Owa pani obok to była żona Krzysia wraz z „nowym". Ich separacja trwała od dwóch lat i jakoś żadne z nich nie spieszyło się do rozwodu. I milczał dalej…

Włodek nigdy nie rozmawiał z kolegami z redakcji o sprawach osobistych. Krzysiek zamówił wódkę. Alkohol przyniosła im Marianna, a dla siebie lampkę wina i spytała, czy może usiąść z nimi, bo wreszcie ma wolne. Przytaknęli obydwaj jakby z ulgą i rozmowa potoczyła się już w zupełnie innym tonie i nastroju. O wszystkim i o niczym.

Sezon był w pełni. Miasteczko wypełniło się po brzegi. Marianna pracowała już nie dwanaście, ale szesnaście godzin na dobę i zdumiewała Włodka swoją siłą i witalnością.

Wieczorami siadali najczęściej na tarasie, ona z lampką wina i jeszcze jakimiś papierami, on zaś miał więcej luzu, bo dla gazety rozpoczął się okres ogórkowy, a więc: „Nie męczyć ludzi wielkimi sprawami – powiedział naczelny – dać odsapnąć od nieszczęść. Miło i rodzinnie ma być w gazecie. Urlopowo". Czasami wpadał też Krzysztof, który zaprzyjaźnił się z nimi obojgiem, a wkrótce doszedł jeszcze jeden „kompan do brydża", jak żartowała Marianna.

Było to krótko po tym, jak Włodek wrócił z Wrocławia. Okradziono kościół w mieście i zrobił się skandal, gdy okazało się, że sprawcami byli młodzi ludzie z okolicy, a wśród nich syn jednego z miejscowych notabli. Policja szybko znalazła chłoptasiów i okazało się, że włamali się do świątyni bardziej z nudy, dla kaprysu niż dla zysku. Żadni asocjalni. Chłopcy byli z tak zwanych dobrych rodzin. Tragiczne było chyba tylko to, że uważali, iż nic wielkiego się nie stało, próbowali obrócić wszystko w żart. Policja jednak nie chciała się znać na żartach i nie pomogły wpływy tatusiów. Prawo też nie zna się na żartach. Włodek, jako dyżurny dziennikarz, dostał notatkę policyjną. Aby jednak napisać artykuł, chciał bliżej poznać sprawę. Wybrał się więc do księdza, umawiając się z nim na plebanii. Otworzył mu... znajomy ksiądz z nieszczęsnej wystawy, na którą wysłała go kiedyś wrocławska gazeta, aby napisał artykuł o tolerancji. Zachowanie i postawa księdza zaintrygowały go wtedy, i Włodek zawsze chciał go poznać. Ksiądz natychmiast wydał mu się sympatyczny. Gdy padły pierwsze zdania, już wiedział, że ma do czynienia z mądrym, niepozbawionym humoru człowiekiem. Bo ze swoją religią, wiarą Włodek był na bakier. Może inaczej. Nigdy się głębiej nie zastanawiał, gdzie jest jego miejsce w tym mistycznym świecie. Prawie nie chodził do kościoła. Nie modlił się, a jeśli wzywał pana Boga, czynił to z przyzwyczajenia. Tak, na religię nie było miejsca w jego doczesnym życiu. Był wprawdzie wychowany w katolickim domu, jak reszta jego rodaków, ale nie brał kościelnego ślubu, chociaż córka otrzymała chrzest i pierwszą komunię. Potem już nie zajmował się duchową stroną ani jej, bo była z matką, ani swoją, bo nie czuł takiej potrzeby. Tak mu się zdawało. I oto stał w dużej kancelarii księdza Tadeusza, wypełnionej książkami, papierami wiernych i pobożnością. Sam ksiądz okazał się świetnym gospodarzem. Stawiał przed Włodkiem talerz z owocami, wino, parzył kawę. Najpierw wrócili obydwaj do wystawy sprzed roku i nieźle się obaj naśmiali z uwag Włodka, a później rozmowa zeszła na temat jego „lądowania" w miasteczku. Nie wiadomo kiedy zrobiło się południe, a oni nie zaczęli nawet rozmowy o artykule, w sprawie którego Włodek właściwie tutaj przyszedł. Ksiądz Tadeusz musiał wracać do swoich kapłańskich obowiązków, a Włodka czekało kolegium redakcyjne. Umówili się więc na wieczór, naturalnie w hotelu, na tarasie. Włodek był pod wrażeniem księdza Tadeusza. Nie znał wcześniej nikogo takiego. Pomagając po południu Mariannie przygotowywać małą salkę na zamówiony przez gości bankiet, opowiadał jej o nowo poznanym człowieku jak o kimś bliskim. Jeszcze mu się coś takiego nie zdarzyło, zwierzał się, i to właśnie z księdzem.

Gdy wreszcie ustawili ostatnie krzesła i rozłożyli obrusy na stołach, usiedli jak zawsze na tarasie przy stoliku. Włodek opowiadał dalej, a Marianna, uśmiechając się pobłażliwie, próbowała czasami wtrącić słowo, ale jej nie słuchał. Za chwilę pojawił się też ksiądz Tadeusz. W cywilu. Tylko koloratka zdradzała jego profesję. Tak rozpoczęła się następna przyjaźń i znalazł się „czwarty doi brydża", jak mawiała Marianna. I rzeczywiście grali w tego brydża.

Artykuł Włodka na temat włamania, a właściwie na temat młodzieży z małomiasteczkowego środowiska ukazał się bez skreśleń. Włodek napisał nie tylko o bezsensownym czynie młodych ludzi, ale na tym przykładzie pisał o wartościach w ogóle, o wartościach, „które się skundliły, bo skundlił się świat". Próbował nie przyjąć moralizatorskiego tonu ani nie pisać pedagogicznych pouczeń, i cały czas o tym myślał.

Sięgał dużo dalej, do domu rodzinnego, z którego sam wyniósł, pierwszą i chyba najważniejszą szkołę respektowania człowieka i jego przekonań, mimo że nie zawsze się ze wszystkim zgadzał. Nie zaszkodziły mu jednak rady ojca czy pokrzykiwania matki.

„Życie nie zawsze bywa fair, ale pomimo to jest przecież piękne i wartościowe – pisał. – Sami musimy doświadczyć jego różnych stron, dobrych, złych, tragicznych nawet, aby poznać innych i siebie. Wybrać drogę, doświadczyć miłości ludzi, upaść i się podnieść...

Nikt jednak nie dał nam prawa ranić innych, czynić zła, kraść, zabijać, bo chroni kogoś wiek małolata czy wpływowy tatuś...".

LATO ŻEGNAŁO się w tym roku niechętnie i długo, ale nieubłaganie musiało odchodzić. Nadal było ciepło, ale czuło się już tę smugę jesiennej mgły wieczorami, które nadchodziły coraz szybciej.

Trwała jeszcze atmosfera urlopu, wakacji, ale powoli pustoszał rynek, po ulicy biegały matki z dziećmi, robiąc szkolne zakupy, a od jeziora słychać było nawołujące się do dalekiej podróży ptaki. Mijał rok od czasu, kiedy Włodek pojawił się tu po raz pierwszy.

Siedział z księdzem Tadeuszem pod parasolem na środku rynku i prowadził dyskusję na tyle niebezpieczną, że należałoby ją właściwie zakończyć, bo i tak zmierzała donikąd. Szło o Kościół katolicki i celibat. Niebezpieczną, bo już raz się prawie pokłócili o swoje racje. Włodek chciał więc zakończyć jak najszybciej ten temat. Ucieszył się na widok nadchodzącego w ich stronę Krzysztofa. Wiedzieli, że wraca z sądu, ze sprawy rozwodowej. Nie miał najweselszej miny. Usiadł ciężko.

– Mam dwa wyjścia, a to już wiele. Pierwsze wyjście to pójść w twoje ślady, Tadeuszu, albo się zastrzelić – mówił grobowym głosem – bo o kobietach nie chcę nic słyszeć.

I zamówił trzy wódki, żeby opić nowy stan. Celibat i kropka. W tym momencie celibat wygrał dwa do jednego. Na razie, Krzysiu, na razie...

Żegnając Tadeusza, Włodek umówił się z nim na partię szachów.

Nie chciał myśleć, że znowu zbliża się jesień. A z nią dwie daty... Im częściej dyskutował z Tadeuszem, tym bardziej zastanawiał się nad tym, że jego życiowe motto, a raczej motto Wiktora: „wiara w życie i przeznaczenie", go zawodzi. Nie wiadomo, co by robił, żeby zagłuszyć niepokój, który w nim narastał. Chwytał się nie wiadomo jakich zajęć, rósł w nim strach. Bo będą te dwie przeklęte daty, które tak bardzo łączyły Mariannę i jego i dzieliły ich zarazem!

Nigdy przedtem nie zastanawiał się gruntownie nad życiem, śmiercią, wiarą. Funkcjonował, żył życiem innych. Tak skwitował to Tadeusz po którejś z burzliwych dyskusji. Prawie się pokłócili i gdyby nie Marianna, to zapewne na długo. Po partii brydża Krzysztof opowiedział wreszcie swoją historię z żoną, rozwodem i całym programem przegranego, jak określił, kawałka życia. Prawda jak zawsze była gdzieś pośrodku. Po trzeciej wódce prawie płakał, na co Tadeusz zareagował, udzielając mu rad typu: koniec, to nowy początek, i mówiąc, że nie jest sam, bo ma przecież wiarę...

Włodka poniosło, czwarta wódka i już nikt nie zatrzymał zbliżającej się katastrofy. Gdy Krzysztof chlipał, on całą swoją złość przelał na Tadeusza, radząc mu ostro, żeby się nie wymądrzał, mówiąc, że dobrymi radami wybrukowane jest piekło, to piekło, które Kościół wymyślił, że ksiądz nie ma pojęcia o życiu, małżeństwie już w ogóle... ani o miłości. I najlepiej będzie, jak się zamknie albo pójdzie sobie do swojego wyimaginowanego świata kłamstwa, bzdur i bożków...

Marianna, która przyniosła tacę z jakąś przekąską, stanęła pobladła na progu. Tadeusz nie ruszył się z miejsca. Dał się Włodkowi wykrzyczeć do końca. I usłyszał jeszcze, że żadna inna instytucja, tak, instytucja, jaką jest Kościół, a on, Tadeusz jest jego sługą, nie jest tak pazerna i pomazana krwią.

Marianna rzuciła tacę z całą zawartością na podłogę. Zrobiło się cicho...

Marianna zwróciła się bezpośrednio do Włodka, że po pierwsze nie będzie wrzeszczał, tylko mówił, a po drugie nie będzie obrażał ludzi w ich domu. I poszła.

– Powinna dodać: „Przekażcie sobie znak pokoju" – skomentował Włodek. Tadeusz uśmiechnął się do niego. – Jak wtedy, pamiętasz?

Nawet Krzysiek przestał rozpaczać. Włodek bez słowa podszedł do Tadeusza i wyciągnął rękę. Ksiądz mocno ją uścisnął.

To był pierwszy zgrzyt w ich związku. Najgorsze było to, że początkowo nic nie mówili. Gdy Tadeusz z Krzyśkiem wyszli, Marianna jak automat sprzątała po gościach i zbierała naczynia z podłogi. On siedział bez ruchu i bez słowa.

I wtedy Marianna przysiadła z pełną tacą na brzegu fotela i bardzo cicho zaczęła mówić:

– Ja też się boję, tak jak i ty, ale nie krzyczę i nie uderzam w najbliższych. We mnie też jest ten rosnący niepokój, ale tym razem będziemy przeżywać te dni razem. Będzie łatwiej. Bo przecież tego się boisz, że przeszłość znowu upomni się o swoje i tak będzie co roku, póki nie pojawi się nowa tragedia i poprzednie przybledną. Żadna to pociecha, ale...

Włodek zerwał się z fotela i chwycił Mariannę w ramiona.

Taca znowu wypadła z brzękiem tłuczonego szkła, ale oni już tego nie słyszeli.

W PRZYDOMOWYM OGRÓDKU kwitły jeszcze astry i drobne fioletowe kwiatki podobne do chryzantem, których nazwy Włodek nie znał. Zrobiło się chłodno, wieczór pojawiał się nagle, szybko tonąc w jeziorze, nad którym coraz częściej leżała mgła. Od pól snuły się dymy z palonych traw. Coraz rzadziej można było przesiadywać na tarasie hotelu.

Jak w lustrze odbijał się czas sprzed roku. Niby taki sam jesienny obraz malowany wszystkimi kolorami, a jednak dla nich obojga inny. Hotel znowu pustoszał, w redakcji grzały się te same sprawy i komputery, ale jednak... inaczej.

Włodek szedł w stronę kościoła, słyszał, że trwa nabożeństwo różańcowe, miał więc jeszcze trochę czasu do spotkania z Tadeuszem, a że kościół był blisko cmentarza, ruszył w jego stronę.

Przed bramą stali sprzedawcy kwiatów, świec, lampionów. W wiadrach, wazonach i doniczkach panoszyły się chryzantemy. Nastał ich czas. Królowały. Włodek przychodził tutaj kilka razy z Marianną na grób jej rodziców, ale dzisiaj po raz pierwszy był tu sam i bez celu. A jednak kupił dwa znicze. Zapalił je na jakimś grobie. Zmierzchało, zaczął padać drobny deszcz, gdy wchodził do plebanii. Tadeusz stał na środku kancelarii i ściągał komżę. Na widok Włodka roześmiał się radośnie.

– Myślałem już, że nie wyrwiesz się z redakcji. Dawaj szachy.

Od tamtej awantury ich przyjaźń zacieśniła się jeszcze bardziej. Oczywiście Włodek przeprosił Tadeusza za swoje zachowanie, a Tadeusz stwierdził, że wcale go nie obraził, bo każdemu wolno mieć własny pogląd na sprawę wiary.

– No może ten twój był mocno przekonujący – zażartował.

W późniejszych dyskusjach często wracali do tych tematów, ale już nie tak bojowo. Powoli się poznawali i Włodek podziwiał mądrość Tadeusza, jego postrzeganie świata, tolerancję.

– Na pewno księdzu Tadeuszowi jest łatwiej – mówił później do Marianny. – Bo ma wiarę, zna swoje miejsce w życiu. I zna odpowiedź na to jedyne pytanie ludzkości: skąd – dokąd?

Włodek nie znał.

TADEUSZ OPOWIEDZIAŁ mu też swoją historię.

Pochodził z mazurskiej wsi, znał od dzieciństwa ciężką pracę na roli. Bliskość natury i ciągły z nią kontakt wychowały Tadeusza. Bo na pewno nie ojciec i matka, którzy wiązali koniec z końcem, harując od rana do nocy. Gdy miał piętnaście lat, zakochał się w koleżance z klasy, córce najbogatszego gospodarza we wsi, pierwszą platoniczną miłością dojrzewającego chłopca. Został wyśmiany i odtrącony, ale najgorsze chyba było, że ojciec spuścił mu solidne lanie, by go wyleczyć z tej miłości, i wygonił na pastwisko. No i dzięki Bogu, bo tam Tadeusz miał swój świat. Książki, które pożyczał mu miejscowy ksiądz z parafialnej biblioteki. To on odkrył wrażliwą duszę chłopca. A więc czytał, pracował, służył do mszy w niedziele i święta i... czytał, czytał...

Jedynym człowiekiem, który go wówczas rozumiał, był ksiądz proboszcz. Prowadził z nim długie rozmowy na temat przeczytanych książek, odkrył też, że Tadeusz ma dobry głos, więc pozwolił mu śpiewać w kościelnym chórze. Chronił go przed wybuchami często pijanego ojca, bo ten miał duży respekt dla księdza proboszcza i Kościoła. A później Tadeusz odkrył Stary i Nowy Testament. I Boga.

Za namową księdza wysłano go do seminarium.

– Tak więc, Włodku, nieobca mi jest miłość i normalne życie, jak mówiłeś, wyrzekanie i rozpacz po śmierci ojca i matki. Jestem tylko człowiekiem, tak jak ty, człowiekiem, który wybrał pewną drogę, albo ta droga wybrała mnie. Bo na końcu drogi każdy z nas umiera tak samo, choć w co innego wierzył i żył jak umiał lub chciał, albo musiał. A co po śmierci? Każdy ma własny obraz i wyobrażenie.

Włodek, gdy opowiadał później to wszystko w domu Mariannie, mówił też o tolerancji i wielkiej skromności Tadeusza. I o tym, że rzeczywiście jest mu łatwiej żyć, bo wszystko, co robi, ma sens. Marianna też miała swoją filozofię życia. Być uczciwym człowiekiem i umieć wybaczać. O Bogu właściwie nigdy nie mówili. Uważała, że sprawa wiary i religii w ogóle jest osobistą sprawą każdego człowieka, a mieszkając długo poza krajem, poznała ludzi różnych kultur i wyznań. Nie byli inni, lepsi czy gorsi. Nie wybaczała przemocy, kłamstwa. Pytał ją też wtedy o zdradę. Nie odpowiedziała natychmiast.

– Nikt mnie dotąd nie zdradził, więc nie wiem, jak bym się zachowała w takiej sytuacji. Zależałoby to od okoliczności. A mam się zacząć bać? – zapytała żartem. – W końcu konkurencja nie śpi.

Marianna w ogóle miała niezwykły dar sprowadzania dyskusji na takie tory, że stawała się lżejsza, a jej argumenty były zawsze trafne, logiczne. Była świetnym obserwatorem, miała niesamowite wyczucie taktu i szacunek dla ludzi. Włodek nieraz się przekonał, że gdy on sam reagował na sprawę lub człowieka bardzo emocjonalnie, wrzeszczał i z trudem nad sobą panował, ona zawsze zachowywała dystans.

– Prześpij się z ta sprawą, Włodku – mówiła często w takich sytuacjach, on zaś, już rozbrojony, odpowiadał, że wolałby z Marianną.

I teraz słuchała jego pochwał pod adresem Tadeusza z uśmiechem, bo przecież nie dalej jak kilka dni wcześniej wyrzucał go z domu, awanturując się niemiłosiernie. Włodek zauważył ten cień uśmiechu i zamilkł. Zaczerwienił się dodał i bardzo cicho, że chyba cieszy się razem z nim z nowych przyjaźni.

SIEDZIELI Z KRZYŚKIEM na rybach. Korzystali z ostatnich ciepłych dni jesieni. Włodek rozglądał się w milczeniu, urzeczony kolorami lasów otaczających jak okiem sięgnąć taflę jeziora.

Odkąd zaczął chodzić z Krzyśkiem na ryby, nauczył się milczeć. Dostał od Marianny na urodziny sprzęt wędkarski i gdy wybrał się pierwszy raz z Krzysiem, wymądrzał się z godzinę na temat łowienia i ryb, bo wcześniej przeczytał o tym w książkach. Krzysztof milczał z pobłażliwym uśmiechem, aż Włodek się zorientował, jaką popełnił gafę. Krzysztof urodził się przecież i wychował na Pomorzu, prawie nad jeziorem i z wędką w dłoni. Włodek szybko się połapał, na jakiego wyszedł idiotę. Milczał długo, póki Krzysztof nie odezwał się pierwszy, stwierdzając, że chodzenie na ryby to rytuał i cisza, że uczy skupienia, a milczenie we dwóch też jest rozmową, szczególnie wśród przyjaciół. Próbował wyjaśnić Włodkowi, że nauczy się z czasem rozróżniać rodzaje milczenia, jak on się nauczył od swojego ojca, który uczył go łowić.

Krzysztof był cichym wielbicielem Napoleona Bonaparte i często powoływał się na niego. Teraz też tak zrobił, mówiąc, że największym mówcą świata jest sukces... czyli liczba złowionych ryb. I dodał jeszcze, że gdyby politycy częściej chodzili na ryby, nie byłoby tyle nieszczęścia w tym kraju, a on poszedłby na wcześniejszą emeryturę.

Włodek zamyślił się nad tą nową przyjaźnią i nie zauważył, że jego spławik tonie pod wodą. Wracali do hotelu może nie z wielkim łupem, ale na pewno bogatsi.

Na tarasie powitała ich Marianna z księdzem Tadeuszem. Włodek puchł ze szczęścia. I jak przewidywał, wieczór zakończyli partią brydża, przy którym Krzysztof nie mógł się jakoś skupić, aż wyprowadził Tadeusza z równowagi.

– Albo zakochany, albo masz karciane długi – skwitował z sarkazmem Tadeusz i wstał od stolika. Marianna zakręciła się wokół kolacji. Pachniało smażoną rybą, w kominku zajęły się pierwsze w tym roku drwa, pachniało szczęściem... Włodek przeraził się, że nazwał tak ten moment. A czy nie miał prawa, do cholery...?

Tylko wyczulony zmysł dziennikarski rejestrował strzępy przekomarzania się obu przyjaciół. Szło dalej o brydża, ale ton tej sprzeczki uzmysłowił mu, że Krzysztof rzeczywiście zmienił się ostatnio.

Nieuchwytna zmiana wyjaśniła się niebawem, gdy weszła Asia z recepcji, aby oznajmić, że przyjechała Weronika i czeka w barze na dole. Na jej widok Krzysztof zaczerwienił się jak sztubak i zaczął się szybko żegnać. Włodek z Tadeuszem usiedli z wrażenia, a Marianna, wychodząc z Asią, uśmiechnęła się tajemniczo. Jak Mona Lisa...

Znowu zaskoczyła Włodka, nie po raz pierwszy i zapewne nie ostatni.

Mimo że ubywało gości, Włodek miał wrażenie, że to pełnia sezonu, bo tyle życia wniosła z sobą jak zwykle Weronika. Właściwie Włodek nie znał jej tak naprawdę. Była przyjaciółką Marianny od lat, więc było oczywiste, że automatycznie również jego. Tych kilka wspólnych spotkań w świąteczne dni tu i w Moguncji... Tak, były tylko świąteczne. Wiedział tyle, ile opowiedziała mu Marianna.

Tego dnia wrócił z redakcji, gdy obie siedziały przy obiedzie. Jak zwykle nie mogły się nagadać. Powitały go serdecznie , ale radośniej niż zwykle. I był ku temu powód.

– Weronika chce wracać – oznajmiła Marianna – i mieszkać w Polsce. I to tu, w miasteczku.

Oglądały już kilka mieszkań.

Ta niespodziewana wiadomość była okazją do następnego uroczystego spotkania jeszcze tego samego wieczoru. Marianna zaprosiła już Tadeusza, Asię i Krzysztofa.

– Tak, tak! Ojczyznę kocha się nie dlatego, że jest wielka, ale że własna – powiedział wieczorem mądrze Tadeusz, że aż zakochany Krzysztof usłyszał, odrywając na chwilę oczy od Asi.

Tadeusz uspokoił natychmiast Krzyśka, że to akurat nie Bonaparte tak mówił o kraju, tylko Seneka, i to młodszy.

Weronika patrzyła w palący się ogień na kominku, Włodek dolał jej wina i przysiadł obok niej. Ocknęła się z zadumy.

– Dwadzieścia lat, Włodku, jestem poza krajem – mówiła cicho. – Zawsze nam się wydaje, że w innym miejscu jest lepiej, ale wiesz na pewno, że przyjdzie taki moment, w którym odezwie się twój język ojczysty i pochodzenie, rodzinny grób. Ponoć kraj rodzinny najlepiej się kocha z daleka, tak samo jak rodzinę, ale ja nie mam rodziny. Wy jesteście moją rodziną, więc pakuję walizki i jadę za wami. Zdecydowanie.

Włodek nie wiadomo kiedy zaczął jej opowiadać o swoim małżeństwie, córce, Alinie, a Weronika jemu o nieudanej miłości do znanego prawnika i poronionej ciąży. Jej syn miałby dziś prawie dwadzieścia pięć lat… Tak jak córka Włodka. Oczy błyszczały jej ni to od łez, ni to od blasku ognia w kominku. Włodek obiecał sobie, że zaraz jutro zadzwoni do córki. Dawno z nią nie rozmawiał, mimo że mieli z sobą ciągły kontakt. Wiedział, że dalej studiuje i ma męża Amerykanina.

Tak, jutro zadzwoni na pewno, tym bardziej że coś nie grało w jej małżeństwie.

Nie zadzwonił jednak.

Następny dzień w redakcji rozpoczął się fatalnie. Składali gazetę, zwykły stres, bieganina i nagle... Wszystko stanęło w miejscu. Zamarło...

– Włodek do telefonu! – krzyczała koleżanka. – Wrocław do ciebie.

Rzucił krótkie „tak" i usłyszał załamany głos Grześka.

– Cześć, stary... Wiktor nie żyje. Umarł dziś rano przy biurku w redakcji. Na serce...

Włodek usiadł. Już się nie spieszył. Gazeta i nowy cykl artykułów „Zeszłoroczny śnieg" nie były już ważne. Może tylko tytuł „Zeszłoroczny śnieg"...

Wyszedł z redakcji na rynek uwijający się w swoim codziennym rytmie. Dziwne, że nie zatrzymał się ani na chwilę przechodzący tłum dzieci z nauczycielami w drodze do kina chyba, kiedy dla Włodka zatrzymał się świat. Szedł automatycznie w stronę jeziora, na ławkę.

Pod stopami żółte, czerwone i brunatne liście kleiły mu się do butów. Od jeziora słychać było nawoływania spóźnionych ptaków.

Znowu pożegnanie, bo ktoś odszedł nagle, niespodziewanie, matka, ojciec, Alina, Wiktor...

Ulicą do jeziora szli Krzysztof z Marianną. Marianna bez słów wzięła Włodka w ramiona. Krzysztof dreptał w miejscu.

Cykl artykułów „Zeszłoroczny śnieg" był nowym projektem w gazecie. Tym razem Włodek pisał o ludziach, którzy zostawiali za sobą dotychczasowe życie pod wpływem istotnego wydarzenia, tragedii, która uzmysłowiła im, jak krótkie i kruche jest istnienie. Ostatnim bohaterem cyklu był znany w Gdańsku architekt, niezwykle utalentowany i twórczy. Wybudował już kilka obiektów w kraju i za granicą, gdy nagła śmierć uzależnionego od narkotyków syna sprawiła, że kupił na Kaszubach kawałek ziemi z zabytkową starą wozownią i uprawiał kwiaty. W wywiadzie mówił, że teraz jest mu dobrze, że jest blisko siebie i syna, dla którego właściwie nigdy nie miał czasu, bo urządzał życie innym ludziom.

Urządzać na nowo zaczęła się też Weronika. Na parterze domku, który kupiła „niechcący", jak mówiła, od starszego małżeństwa, rozpoczął się kapitalny remont. Doglądali robót oboje. Marianna z Włodkiem. Weronika miała tam nie tylko mieszkać, ale też prowadzić biuro rachunkowe. Nie mieli wątpliwości, że się uda, przy jej energii, spotęgowanej radością z powrotu do kraju.

Wracali właśnie z nowego domu Weroniki. Marianna posadziła w ogródku pod oknami cebulki roślin, które miały zakwitnąć wiosną, gdy naprzeciw nich wyszli Krzysztof z Tadeuszem. Wyglądali dość komicznie, bo gestykulowali i zamiast mówić do siebie, prawie krzyczeli. Tadeusz był w sutannie i to on mówił wzburzony:

– Bo rozsypani jak groch po świecie nie nauczyliśmy się respektu i miłości do ludzi. Plujemy na siebie, urągamy sobie i innym.

– I czego się czepiasz! – krzyczał Krzyś. – Zawsze tak było. Tylko ty nie chcesz tego widzieć, bo ubrałeś się w wygodną sutannę i zamiast żyć, nauczasz, moralizujesz...! Utopia! A wejdź w to bagno jak ja. I zostań przyzwoitym człowiekiem. To winszuję! Przegrasz!

Umilkli na widok Włodka i Marianny. Nieraz byli świadkami takich dyskusji, a powód był zawsze ten sam: nowy artykuł Krzyśka na aktualny temat i komentarz naczelnego. Zbyt konformistyczny według Tadeusza.

Włodek już miał się odezwać, gdy z pobliskiej szkoły wyszła grupa chichoczących podlotków i zgodnym chórem zawołała w stronę Tadeusza „pochwalony!", a wzburzony jeszcze Tadeusz odpowiedział machinalnie: „na wieki...".

– Amen – odparli zgodnie i wszyscy czworo wybuchnęli śmiechem.

– WŁAŚNIE TY, heretyku, podwójny judaszu, dałeś na mszę za Wiktora, bo nie byłeś na pogrzebie! Nie wierzę! A Tadeusz przyjął datek! Ja jestem w złym filmie, i to trzeciorzędnym. To przecież ty się mądrzysz, wypisujesz o pazerności i podwójnej moralności Kościoła, o jego przeszłych zbrodniach. To ty krzyczysz, że jesteś tylko tradycjonalistą, to ty... – Zakrztusił się.

Mariannie, która od dłuższej chwili próbowała przerwać wywód Krzysztofa, nareszcie udało się dojść do głosu.

– Po pierwsze, to ja dałam na mszę za duszę Wiktora od nas wszystkich, a ja nie wykrzykuję ani nie pyszczę, tylko mam swojego Boga, a Tadeusz z tymi paroma groszami poszedł do pani Lodzi z kuchni dla ubogich i dał jej te pieniądze na zakupy. Sama też czasami zaopatruję jadłodajnię przy plebanii.

Krzysztof milczał zawstydzony, ale dalej łypał złym okiem na Włodka. Tak ich zastał Tadeusz, bo umówieni byli na brydża. Z gry wyszły nici. Nikt się jakoś nie kwapił do zielonego stolika. Siedzieli w milczeniu, tak bliscy sobie, a w tej chwili dalecy.

Narastającą niewygodną ciszę przerwał wreszcie Tadeusz. Włodek wyczuł, że dobiera słowa ostrożnie. Mówił powoli i cicho: o świecie podzielonym na religie, na rasy, na ludzi, miłości i nienawiści...

– I Bogu jedynemu dzięki, że świat, a my w nim, jest tak różny, tak barwny, różnorodny, tak jak my tutaj. Mógłby być tylko lepszy – podsumował Tadeusz.

Wdzięczni mu byli za tę oczywistą prawdę, znali ją przecież...

Wdzięczni mu byli, że wypełnił ciszę, tę złowrogą ciszę, która mogła ich podzielić. Włodek z ulgą, jak nigdy, odebrał dzwoniący natarczywie telefon. Marianna stanęła obok niego pewna, że to recepcja do niej. To była jednak córka Włodka, z Ameryki, z Nowego Jorku...

Gdy odłożył słuchawkę, patrzyli na niego z pytaniem w oczach. Szczególnie Marianna.

– My tu dzielimy świat i przykazania ludzkości, a ja zawsze mówię, że na wyciągnięcie ręki, wśród najbliższych, nie możemy się połapać z uczuciami, emocjami... Małgosia rozwiodła się właśnie, wyjechała do Nowego Jorku i wychodzi za mąż za amerykańskiego Żyda polskiego pochodzenia. I co wy na to?

– Ślub w Boże Narodzenie, jesteśmy zaproszeni – mówił Włodek już w stronę Marianny.

Patrzyła na niego z lękiem w oczach, że czeka, aby natychmiast podjęła decyzję. Zrozumiał...

– Przyjdzie czas, przyjdzie rada – odezwał się rozumnie Tadeusz. – Asia z Krzyśkiem też planują w tym samym czasie...

Zamilkł nagle, przerażony swoim nietaktem, jakby zdradził co najmniej tajemnicę spowiedzi. Krzysztof się zaczerwienił i nie patrząc na nich, powtórzył za Tadeuszem, że przyjdzie czas, przyjdzie rada, i że dali z Asią na zapowiedzi. Włodek nie chciał podejmować dyskusji, Marianna też milczała.

NASTĘPNE DNI płynęły gdzieś obok nich. Funkcjonowali, Marianna w hotelu, Włodek na wyjazdach i w redakcji. W hotelu zrobiło się znowu tłoczno. Zbliżało się Święto Zmarłych, więc do miasta zjeżdżali się ludzie. Któregoś dnia Włodek, wszedłszy jak zwykle do biura Marianny, aby uściskać ją przed wyjściem do redakcji, zobaczył na jej biurku imponujący bukiet pyzatych chryzantem. Pogładził delikatnie kwiaty, podziwiał je i wreszcie zebrał całą odwagę, aby rozpocząć tę rozmowę. Chciał usłyszeć, czy będą wyjeżdżać do Nowego Jorku, czy nie, zwłaszcza że tego dnia miała przyjechać Weronika z częścią swoich rzeczy i znowu nie będzie czasu.

Marianna podeszła do Włodka i objęła go... Była tak blisko, czuł zapach jej perfum. Jej włosy obsypały mu twarz. Nie patrzyła na niego, położyła mu głowę na ramieniu. Głaskał łagodnie jej plecy.

Gdy podniosła na niego oczy, zobaczył łzy. Płakała cicho, łzy płynęły jej po twarzy, po szyi... Przygarnął ją mocno do siebie, tulił i milczał. Marianna ukryła się w tym uścisku, szukała schronienia i siły na tę ważną dla nich obojga podróż.

KONIEC